日曜日は青い蜥蜴

恩田陸

筑摩書房

【装画】
nakaban

【装丁】
柳川貴代

日曜日は青い蜥蜴

目次

TELEPHONE

I. 人がすすめない読書案内

私の中高生時代

私が覚えている中学校や高校の記憶は、なぜか夏ばかりです。

中学校の三年間合唱部にいて、コンクールが近くなると朝も昼も放課後も練習に明け暮れていたので、中学時代というと、いつも開け放した音楽室の窓から吹き込んでくる風を思い出しますし、高校の時もジーンズとTシャツで美術部のオブジェを組み立てながら学園祭の準備をしていたのを思い出します。

いっぽうで、覚えている冬は受験の時だけ。なぜか冬というと中三と高三の受験の記憶しかないのです。きっと受験期という独特な雰囲気のせいでしょう。

しんと静まりかえった夜の部屋。テキストをめくるカサカサというかすかな音。不思議に乾いた静けさが今も身体の奥に残っています。初めて午前零時を過ぎてからも起きていた時は、いけないことをしたような、それでいてちょっと誇らしいような心地がしました。

壁のカレンダーを何度も見ながら、今こうして勉強しているけれど、もう未来は決まっているのかな、数ヶ月後にはどうしているのかな、と思ったことを覚えています。

一人きり。世界に対して、私一人のような気がしました。淋しいとか怖いとかいうわけではなく、ただ一人きり。これから広いところに出ていくんだなという予感がありました。受験生は大変なんだぞ、と周囲に脅されていたし、三年生になったとたん、周りもいきなり受験生として扱うようになったので、どんなに受験生とは恐ろしいものなんだろうとびくびくしていたのですが、実際に自分がなってみると意外にあっけらかんとして楽しかったのに驚きました。

なぜかと言えば、たぶん必死だったからでしょう。生まれて初めて、人生の岐路に差し掛かっているという実感がありました。両親にも先生にもどうにもできない。こればっかりは、受験するのも高校に（あるいは大学に）入るのも自分なのだし、自分がやらないことには選び取れない。そんなふうなことをひしひし感じていました。

で、人生の節目を迎えて必死に毎日過ごしていると、これが実は楽しいのですね。必死だから、息抜きも、遊ぶのも楽しい。テストの前に読む本や漫画が普段よりも面白く感じるのと同じで、それがもっと大きくなった感じでした。

実は、これと同じことを大人になった時も感じました。

社会人になって働く、ということを大学時代はとても恐ろしい大変なことのように思っていたのですが、実際社会人になって働いてみると、意外なほどに面白かったのです。自分が稼いだお金で遊ぶのは、お小遣いをもらって遊ぶのとは全然違います。使い道もより真剣に考えるし、より真剣に遊びます。自分のお金で真剣に遊ぶのはとても楽しいのです。

私が十代の頃、私たちの年代は、シラケ世代と呼ばれていました。何かに一生懸命になったり、必死になったりするのは恥ずかしく、かっこ悪いことだと思われていました。ガリ勉なんてもってのほか。真面目な話をすると「暗い」とか「ネクラ」と呼ばれます。「ネクラ」と言われるのをみんなとても恐れていましたので、表面上は「明るく」振る舞い、努力なんか暗いよねえ、と言い合っていました。今にしてみると「勉強なんかしてないよ」と言いつつ、家ではガリ勉しているほうがよっぽど暗いよなあ、と思えるのですが。

当時の自分たちについて考えてみると、要するに、努力しない人が努力する人を妬んでいたんだと思います。これは大人でも同じです。もっと言うと、目標を持たない人は目標を持っている人を妬みます。

人を妬んだことありますか？　もしあるのであれば、分かるでしょう。あれは本当に嫌な感情ですよねえ。自分が嫌いになってしまうほど、嫌な気持ちです。しかも、そんな嫌な気持ちでいることを絶対に他人には知られたくありません。だから、人は妬んでいることを隠します。「努力なんか暗い」「勉強なんか暗い」と言って、自分だけが取り残されることを避けようとします。みんなが何もせずに狭いところにとどまっていれば、みんな同じだと安心できますからね。または、努力して自分の限界を知らされるのが嫌だ、というのもあります。そりゃ、誰だって自分の限界が自分が思っていたよりたいしたことがないと知らされるのは気持ちよくありません。だったら、努力せずに「努力してないんだから、できなくて当然」と考えるほうがずっと楽ですよね。

でも、大人になるともうひとつ嫌な感情を味わうようになります。それは、「後悔」です。

あなたのお父さんやお母さんが「勉強しろ」とか「本を読め」とか言うのは、あなたと同じくらいの歳に、「努力なんか暗い」とか「やればできるんだけど、やってないからできないだけ」と言って過ごしてきたことを「後悔」しているからなのです。あなたが誰かを妬んだ時に味わったような嫌な気持ち、いや、もしかするとそれよりもっとつらい感情かもしれない「後悔」を味わっているからこそ、お父さんとお母さんはそう言うのです。

えてして大人は自分も出来ていない無理なことをあなたに言います。「誰とでも仲良くしなさい」とかね。「友達」。なんて恐ろしい言葉でしょう。恐ろしくない人は、幸せです。私はずっと「友達」という言葉を恐れていました。私はとても内気な上に、父の仕事の関係で何度も転校していましたから、「友達できた？」とか「友達と遊んでらっしゃい」と言われるのがとても嫌でした。

なにしろ、学校というのは一年のほとんどを赤の他人と狭いところで何十人も一緒にいます。しかも、みんなが同じ歳。大人になってみると、これがとても特殊な環境だということが分かります。もう、あなたも分かっているとおり、狭いところで大勢と顔をつきあわせているのは大変です。毎日のつきあいで「これを言っちゃいけない」とか「あんなこと言っちゃったけど大丈夫かしら」とか、バランスを考えているだけで精一杯ですよね。私も小学校と中学校で何度も転校するたびに、クラスの誰と誰が仲が悪いとかあそこのグループに仲良しがいるからあの子と一緒に帰っちゃダメとか、そんなこんなを把握するだけで一学期かかってしまい、なんて「友達」づきあいは面倒臭いのだろう、ああ嫌だ嫌だ、とばかり思っていました。

ところが、高校生になって、初めて人と話すのを面白いと思うようになったのです。

正直、期待していなかっただけに新鮮な驚きでした。みんなが似たようなことを考えてるんだなあ、というのを知ったのと同時に、世の中にはいろいろなことを考えている人がいるんだなあ、と素直に実感できたのです。

それはやはり、受験という関門をくぐって、同じような努力をしてきた人が集まっているからだと思います。同じ歳で、同じ経験を共有してきたからこそ、共感できるのです。

もしあなたに行きたい学校があったならば、そこに行けば必ず気持ちを共有できる友達がいます。その「友達」もまた、その学校に行きたい、と思ったのですから、それだけでも大きな共通点ではありませんか。「友達」は厄介で面倒な存在だけれど、だからこそ興味深く面白い存在なのです。ですから、ここに行きたい、という目標をぜひ持ってください。目標があれば、努力ができます。そうすれば、人のことなんか妬んでいる暇なんてなくなりますし。

ただし、あなたが目標を定めて努力を始めた時から、あなたは孤独になります。さっきも言ったとおり、目標を持っている人や努力している人を妬む人はいっぱいいますし、中には妬むだけじゃなく足を引っ張る人もいます。ですから、目標を持ったあなたは、目標を達成するためにも、よく考え、周りを観察する必要があるのです。

けれど、あなたが本気で努力していれば、必ず応援してくれる人も現れます。不思議なものですが、これは本当です。

ひとつだけ、アドバイスを。勉強だけでなく、スポーツでもお稽古でも何にでも当てはまりますが、何かが上達したりランクアップする道のりというのは階段状です。やればやっただけ上達するのではなく、一生懸命やってるのに全然進まないという足踏み状態がしばらく続いたあとに、いきなり次の段階にぽんと飛ぶのです。自分の限界を知るのは怖いけれど、限界を知らないと次の段階にも行けないのですね。限界すれすれのところで、うんと苦しんでもがいたほうが、その分だけより高く次の段階に飛べるような気がします。なんだかこのところうまくいかないなとか、ずっと頑張っているつもりなのに報われない、と感じた時は、今は次にジャンプする力を蓄えている時なんだと考えて、とにかく練習や勉強を続けてください。

私は小説家になって二十年になります。四十冊ちょっとの本を書いてきましたが、いつも限界を感じますし、なんとかその限界を超えようと今も毎日もがいています。正直、なかなかアイデアが浮かばずにつらい時間がほとんどなのですが、同時にそのつらさを「面白い」とも感じています。この歳になっても、やはり「努力」くらい飽きなくて面白いものはないなというのが実感です。

あなたにとってのよい目標を見つけ、あなたがその目標に向かって努力した上で、有意義な高校生活を手に入れることをお祈りしています。それは、あなたの人生の「面白さ」に繋がる最初のステップになるはずです。

（「首都圏高校受験案内」二〇一二年度版）

追記：十五歳の受験生に向けて書いたものだが、むしろ十五歳だったかつての自分に書いたようでもあるし、同時に当時の自分に書いたようでもあった。今読み返すと、現在の自分に向けて書かれているような気がして、自分が書いた文章なのになぜか励まされてしまう。

『虚無への供物』――中井英夫・その人々に

昭和二十九年（一九五四年）という年は、日本がさまざまな惨事に見舞われた年でした。まず、年明けの一般参賀に、例年にない大勢の人が訪れたため、誘導ができずに多数の死傷者を出す二重橋事件が起きます。三月には、ビキニ環礁でのアメリカの水爆実験で第五福竜丸が被曝し、半年後に乗組員が死亡。この頃はフランスやアメリカが競うように海上で何度も核実験を行っており、大量の死の灰が各地に降り注いでいたのです。黄変米《おうへんまい》という、カビの寄生で有毒物質が発生した輸入米も問題になっていました。九月には、青函連絡船洞爺丸が遭難、転覆。死者・行方不明者一一六四人という大惨事になってしまいました。

『虚無への供物』に登場し、四つの密室殺人事件の舞台となる氷沼《ひぬま》家の人々は、日本の災害史に連なる事故に巻き込まれ、ことごとく非業の死を遂げています。氷沼家の現在の当主である蒼司《そうじ》の両親が、この洞爺丸事件に巻き込まれて死亡したところからこの小説は幕を開けます。氷沼家の悲劇は先祖に掛けられた呪いのせいだとも言われており、常に不吉な予感に彩られているのです。

推理小説という分野は、社会が安定してきて市民が経済力を持ち、中産階級が発達してきた時に流行るといわれています。

私たちは常に明るい娯楽を求め、光を求めます。しかし、そのいっぽうで影を、暗がりを、後ろめたい娯楽も求めるのです。その証拠に、私たちは、殺人の起きる小説を盛んに読み、ホラー映画やサスペンス映画を観ます。卑劣な犯罪、おぞましい猟奇的殺人。なぜ、そんなにも犯罪や殺人の起きるフィクションを欲するのでしょうか。

その理由を、中井英夫は登場人物の口を借りてこう語っています。

人は無意味な死に耐えられないからだ、と。何かの理由があり、何かの動機があって、悪意を持って殺されたのでなければ、その死に意味を見出せずやりきれないからだ、と。

日本は自然災害の多い国です。その犠牲者だけでなく、このほんの十年前までは第二次世界大戦を戦い、戦闘員と非戦闘員を併せ数百万もの国民を失っているのです。無数の無念な死の上に現在の日本があり、日常があります。

登場人物は（中井英夫は）言います。氷沼家の人々の死を意味あるものにするためにも、氷沼家では最も作為的で手の込んだ密室殺人が行われなければならなかったのだ、と。

『虚無への供物』は、日本の推理小説史の中でも特別な位置を占めています。

中井英夫はこの小説を「アンチミステリー」と呼んでいます。ミステリーではないミステリー。ミステリーに反するミステリー。その意味は読めば分かってくるのですが、それでいてこの小説は推理小説が望むべく楽しみを過剰なほどに併《あわ》せ持っています。

探偵を自負する登場人物たちは、事件に対する華麗な推理合戦を繰り広げます。彼らは、日本や海外の推理小説を読み込んでおり、その内容の紹介もします。ブックガイドとして読むことができるほどです。更に、「ペダンティック」と言い表される、きらびやかな蘊蓄が満載されています。誕生石、五色不動、経文、数学、植物学、内外の文学作品、シャンソン。それらを、当時の風俗を実名でちりばめつつ織物のように編み上げ、妖しい独自の世界を作り上げているのです。

中井英夫の文章は、とても艶やかで滑らかです。推理小説は再読ができないといいますが、私は『虚無への供物』を十回以上読んでいます。いつ読んでもするりと読み通せるし、必ず新しい発見があるのです。

言葉は不自由です。「美しい」や「好き」などの言葉はあまりにも最大公約数のものしか表せない言葉です。美しさにもいろいろあって、日の当らないところに咲く花の密やかな美しさや、禍々しい美しさというのもあります。好きという言葉には、少なからぬ憎しみも含まれています。愛情と嫌悪は紙一重なのです。

『虚無への供物』は、明らかにダークな美しさに満ちています。月の光に照らされた、薔薇の花の冷たい輝きに似ています。そういうものが好きな人は必ずいつの世も一定数存在します。あなたがそういったものに惹かれるのならば、この本はきっとあなたを満足させてくれるでしょう。

『虚無への供物』は、冒頭に有名なある献辞が置かれています。

――その人々に

私たちは、望めば誰でも「その人々」になることができるのです。

(『10代のうちに本当に読んでほしい「この一冊」』二〇一六年)

果てしなき書物との戦い

新潮社編『私の本棚』

本好きのご多分に漏れず、私も作りつけの本棚のある家に住むのが夢であった。だから、家を買うにあたり、条件はとにかく壁。どうせ昼も夜もない小説家稼業。「窓はいいから壁をくれ」というのがしつこく不動産屋に繰り返した条件だった。ところが、物件を探し始めて気付いたのは、新しいマンションほど開口部が大きく、壁がないという事実だった。こういうマンションに住む人は、いったいモノをどこにしまっているのだろうと今でも不思議でたまらない。もちろん、本棚なんか持ってないんだろうなあ。こんなに日が当たったら、本が焼けちゃうし。自然と、中古マンションを捜すことになる。

物件が決まってから、本棚の設計を頼む。リビングの壁一面、作りつけの本棚。上の六段は四六判の単行本が入るサイズ。下の二段は大型本で、雑誌「太陽」が入るサイズでお願いね。もう一箇所、文庫と新書専用の棚を作ってもらう。上の六段は文庫専用。下の四段は新書。ハヤカワのポケミスが収まるサイズでお願いね。

これで、かなりの量の本が納まるはずだった。書棚に「海外文学コーナー」「児童文学コーナー」など、長年積んだままだった本がジャンル別に納まっていくのは、これまでに経験したことのない快感であった。

しかし。実は、引っ越した時から、既に持ち込んだ本が本棚に入りきらないことは分かっていたのである。引っ越す前にかなりの本を処分したのだが、本を処分したことがある人ならご存知のとおり、処分というのはどれを処分するかの選別でまず手間がかかる。更に、古書店に売るか、廃品回収に回すかという選別もたいへんなら、実際に出すのも重労働である。私は雑誌も大好きなので、かなりの量を持っていた。古書店が引き取ってくれない古いグラビア誌のバックナンバーを泣く泣く廃品回収に出したが、泣けたのは未練があるのと、重かったのと両方である。更に腹立たしかったのは、人が苦労して結わえて運び出した本を、どこからともなく現れ、ぐちゃぐちゃに崩して持っていってしまう親爺がたくさんいたことだった。路上に出した廃品は区の資産ということになったんじゃなかったっけ？　せめて紐《ひも》くらい結わえ直していけよ。あー、むかつく。

そんなこんなで、引っ越し前に時間切れとなり、処分すべきかどうか迷った本が大量に残ってしまい、とりあえず新居に持っていくことにしたのだ。引っ越してからゆっくり考えましょうね。

本当は、作ろうと思えば、もっと本棚を作るだけのスペースはあったのである。それを二面だけにしたのは、常に本棚を「動いている」状態にして、適宜処分して増やさないようにしよう、と決心していたからである。私はコレクターではないし、取っておきたい「殿堂入り」の本はだいたいもう決まっている。これから先は、この本棚だけでやっていきましょうね。

そして、三年が経った。皆さんのご想像通り、どちらも全く予定通りにはいかなかった。ゆっくり考えて処分するはずの本は、引っ越し当初と同じ場所にひっそり積まれたままだし、日々送られてくる本や買った本で「動かす」はずの本棚の周辺には、じりじりと本が積み上げられていく。雑誌に連載している読書日記は三ヶ月毎に当番が巡ってくる。ええと、読んだあの本はソファの後ろに積んだあのへんにあるはず。この原稿を書くために、あの山を崩すのか――ついでにそばの山を崩してみる――ああ、またしてもやってしまった、同じ本を買っていた！

そんな生活は私だけでないと、この本に登場する筋金入りの本読みの皆さん二十三人の本棚ライフを拝読し、深い共感と同情を持って胸を撫で下ろすのと同時に、この人たちと比べて安心していていいのだろうかと一抹の不安を覚えたのである。

（「波」二〇一三年九月号）

追記：『私の本棚』は各界の本好きが蔵書の喜びや苦しみ（？）について語ったエッセイ集。私の場合、目下あふれる蔵書に「苦しみ」が勝っている状態である。

誰もが「ここに居ていい」と思える国こそ

会社勤めをしていた頃、「どうしてもまっすぐ家に帰れない日」というのがあった。なぜかはひと口では言えない。とにかく、この気分のまま家に帰りたくない。今感じている空気を家に持ち帰りたくない。そう思う日があるのだ。

そんな時は、ちょっとだけどこかに寄って、二、三十分でもいいから一息つく。私はそれを「方違《かたたが》え」と呼んでいた。その「どこか」は日によって違う。喫茶店だったり、バーだったり、古本屋だったり、雑貨店だったり。遠回りしてゆっくり歩きたい川べりの遊歩道や、長い坂道、というのもある。いろいろだけれど、共通しているのは、ちょっと「どよん」とした、時間がゆっくり流れているような場所だということだ。

今は会社勤めではないけれど、やはりたまにそういう時がある。

仕事や用があって外出し、すべての用事が済んだ。でもこのまますぐには帰れない。どこかで少しだけクールダウンしたい。そう思って、この辺りで「方違え」できるところはないかな、とぶらぶらしながら探す。

そんな時、初めての場所でいい目印になるのは、猫である。それも、いわゆる町猫や野良猫。彼らが寛いでいるようなところは、人間もホッと息抜きができて、なごめる場所であることが多い。

新しい商業ビルが次々とできる。どうやら規制があって、ある程度の大きさの商業施設には周りに緑地を造らなければならないらしく、整然として箱庭的なパブリックスペースが設けられている。景色としてはなかなか見栄えがよく、植木もよく手入れされている。維持費、高そう。

ただ、どこか壁に掛かった絵みたいで、よそよそしく近寄りがたい。でも、歩き疲れたし、ベンチがあるんだから座ったって構わないだろう。その風景に足を踏み入れるのにちょっと躊躇するが、勇気を出しておそるおそる座ってみる。お邪魔します。

すると、どこからか声が聞こえてくるのだ。

「お行儀よく座ってね。あなたのファッション、我々が想定している素敵なお客様とはちょっと違うんだけど、今日は特別に許してあげる。休憩できるのは二十分以内と決まってます。だから、ダラダラしないでスマホをチェックしたら、さっさと立つこと。あなた、姿勢悪いね。ホラ、ちゃんと背筋伸ばして、スマホとは距離を取って。まさか、ここで煙草吸おうなんて思ってないよね？　今の時代に、そんなこと有り得ないから。一応飲食してもいいことになってるけど、蓋付きの飲み物だけ。食べ物は、うちの商業施設で買ったものなら許す。食べかす、こぼさない。ゴミは持ち帰ってね」

どうにも居心地が悪く、結局、五分と座っていられず、こそこそと離れてしまう。

しかし、そんなぴかぴかの商業施設の一画にも、たまにひっそりと猫が数匹寝そべっているところがあったりする。ちょっと奥まった場所で周囲からは目隠しされたようになっていて、やはり少し「どよん」と停滞した空気が流れており、「へえ、いい場所じゃん」と感心させられるような場所。そして、猫の隣には居眠りしているビジネスマンや、ペットボトル片手に先輩に悩み相談をしている女の子がいたりするのである。

つまり、社会や企業が人に「ここに居てほしい」と考える場所と、人が「ここに居てもいい」と感じる場所とは別だ、ということなのだ。

「居てもいい」と感じる場所は、たいてい自然発生的だ。なんとなく、どこからともなく人が集まってきてつい長居してしまう場所。世間の目を気にせずに済む、ちょっと隠れ家っぽい場所。古くからある、車の入れない狭い横丁なぞはその最たるものだ。そういう場所には、時間の蓄積がある。人々の営みの歴史がある。

人気のあった居酒屋が新しい店舗に移ったら雰囲気が変わってしまい、お客さんが入らなくなってしまったという話を時々聞くが、人はやはり特定の場所に、時間の蓄積や土地の記憶を求めているのだろう。また、このごろでは最初から人が集まることを目論んであえて新設の「横丁」も作られているけれど、「こういうのが好きなんでしょ」という狙いが透けてしまい、作為を感じる場所に人は敏感で、あまり流行らないケースも見かける。


東日本大震災のあと、とある大学の建築科の研究室が「人々は今どのような場所を求めているか」というテーマの研究結果を本にした。

集団移転で共同体の土地の記憶を失うことへの不安や、コミュニティーの継続の難しさが言われていたさなか、日本の各地を回って「ここ、いいな」と思う風景をひたすら写真に撮ってその共通点を探す、というシンプルなプロジェクトだったが、たまたま書店で手に取り、パラパラとめくって収録された写真を目にしたとたん、そのさりげない風景に魅力を感じてすぐに購入してしまった。

決して特別な風景というわけではない。誰かが持ってきた椅子を並べた木陰とか、道路の上に突き出た長い庇《ひさし》の下の待合所とか、つぎはぎで付け足されたトタン屋根が並んでいる街角とか。けれど、人が心惹かれる風景や「居たくなる」場所は、やはり人の営みの記憶が感じられ、ゆったりとした時間の流れの感じられる場所なのだということを、その膨大な写真を眺めながらつくづく思った。

新しいから、便利だから、合理的だから。

そういうところに「居る」ことがいちばんいいし、そういうところに「居られ」れば満足だろう。社会や企業はそう考えるのかもしれないが、人はそれだけでは生きられない。災害に強い町づくり、効率のいい町づくり。それは理想的で正しいことだけど、そこから零れ落ちるものが人々の生活の細部と歴史を作る。

オリンピック。今やそれは、開催国における社会の変化のきっかけ作りが主目的のような気がする。

実際のところ、もし今回のオリンピックがイスタンブールに決まっていたら、ヨーロッパの状況も今とは少し違っていたんじゃないかと思ってしまう。

私は前回の東京オリンピックの閉会式の翌日に生まれている。当時もオリンピックは日本の高度成長の大いなる起爆剤だった。

そして、来年再び開催される東京オリンピックの主目的は東京の再開発である（としか思えない）。

現に、都心部はそれを口実に凄まじい勢いでガンガン再開発が進められている。知っていた町の景色が根こそぎ変わり、土地の記憶がまっさらに更新される。かつては土地が相続されるとどんどん細分化されて売られていったが、今はその逆の現象が起きていて、小さく区画が分かれていたところがドカンとまとめて大規模な施設に生まれ変わる、ということがそこここで起きている。そのあまりの変わりっぷりに、前はそこに何があったかということをたちまち忘れてしまう。

変わる風景に、こんなにも不安と悲しみを感じてしまうのはなぜなんだろう。

町を歩きながら考える。最初のうちは、きっと単に私が歳を取ってきて、自分の知っていたものが消えるのが淋しいからだとか、心が固くなってきて、新しいものが怖いからだ、と考えていた。

けれど、最近になって、いや、新しい風景の中には自分の「居場所」がないんじゃないか、と薄々感じているからだ、と思うようになった。

この先できる、素敵なインテリジェントビルや、感度の高い人々の集まる商業施設には、彼らが望むお客様しか入れない。最初から「居場所」のある人が選ばれていて、そこにあてはまらない人が「居られる」隙間も、ホッと息を抜くスペースも見つからない。そう思えて仕方ないのである。

これは私だけではない気がする。昨今、「居場所がない」と感じている人がこれまでにも増して多いように感じるのだ。

思えば最初の東京オリンピック以来、ひたすら日本は世界の中での「居場所」を探し続けてきたのではなかろうか。「世界の中での」経済的な地位とか、政治的な地位とか、存在感とか、恐らくはそういうもの。

がむしゃらにやってきて（いろいろ無茶もやったし、手痛い目にも遭ったし、学習もした）、それなりに立ち位置は確保できたかもしれない。

そこでやっと一息つき、ふと足元を見回す時間ができたと思ったら、今度は家庭での「居場所」とか、地域での「居場所」とか、世間での「居場所」がなかったということに気付いて愕然としている、というわけなのだ。

果たして、私の「居場所」は見つかるのだろうか。そもそも、どこが私の「居場所」なのだろうか。

次の東京オリンピック後の新しい風景の中でも、誰もが「ここに居ていい」と思える国。そういう国を目指せばいいのに。そんなことを思いつつ、今日も建設中の町で、ああ、ここもなくなっちゃった、と驚いたり嘆いたりしている。

（「朝日新聞」二〇一九年一月五日）

追記：新聞掲載後、『ここで触れられている本は何か』という問い合わせが多数あったそうで、その本はこのあとの『読書日記』二〇一五年一月にも載せている『小さな風景からの学び』である。

Ⅱ．読書日記

「机から離れるな！」

某月某日

岩明均『ヒストリエ』（講談社）第七巻がやっと出た。「奴隷の身分から歴史の表舞台へ、アレキサンダー大王の書記官エウメネス。その激動の生涯」というのが連載当初からの惹句だが、十年近くかかってまだアレキサンダー大王に出会ったところ。この先どれだけ掛かるんだろう。『七夕の国』みたいに、中途半端に終わらないことを切に祈る。「そこをぴょーんと」がこういう意味だったとは……嫌ですねえ。

某月某日

宝塚ファンの生態を描いたキュートな漫画、はるな檸檬『ＺＵＣＣＡ×ＺＵＣＡ』（講談社）第二巻もゲット。マニアの生態というのはジャンルそれぞれで興味深いが、私はあとがきで「もうネタが尽きちゃって……どうすればいいでしょう」と訴える著者に対し、師匠東村アキコが「ネタは尽きない！　尽きるのは気力だ！」と一喝するのにじーんと来た。「机から離れるな！」とも。はい、肝に銘じます。

某月某日

『ピタゴラ装置ＤＶＤブック』（小学館）も、やっと第三巻が。教育ＴＶの人気番組「ピタゴラスイッチ」の人気コーナー総集編。こちらは一回分の撮影にひどい時は五十回以上のやり直しがかかるというから、まさに奇蹟の本である。その労力を思うと、全部で三十分足らずの映像を見終わると大河ドラマを観た気分。最後にあのマーチ風のテーマが流れてくるだけでじわっと涙が出てきてしまうのだ。実際は、ＤＶＤよりこの本を造るほうが大変だそうで、その大変な本を作っている佐藤雅彦という人の発想は本当に不思議。『考えの整頓』（暮しの手帖社）はその発想の元を垣間見られる本で、実に面白い。「おまわりさん10人に聞きました」は、おまわりさんが地図をどこに入れているかを聞いたもので、帽子の中に入れている人、防弾チョッキの内側に入れている人、などさまざま。なるほど、日本の警官の主な（？）業務が道案内というのは今や世界中に知られているらしく、よく外国人観光客がおまわりさんに道を聞いているのを見かける。

某月某日

楽しみにしている赤城毅の「書物狩人」シリーズ最新刊『書物輪舞《ラ・ロンド》』（講談社ノベルス）、絶好調。歴史の表には出てこない書物を探す男の話だが、チャウシェスク政権下に出された本の正誤表に秘められた謎やロマノフ王朝の秘密に関わる編み物の本など、本好き歴史好きには「ぐっと来る」設定がいっぱい。個人的には朝鮮戦争の仁川《インチョン》上陸作戦秘話のエピソードが面白かった。吉田茂邸の火災など、直近の現実の事件も絡めていて、現在進行形で歴史が作られているのを実感。

某月某日

『指揮者の役割』中野雄（新潮選書）はウィーン・フィル、ベルリン・フィル、コンセルトヘボー管というヨーロッパの名門オーケストラの歴史が生臭い人間ドラマ満載で語られ、堪えられない面白さ。男が一度はなってみたいのが指揮者と言われるが、傍目から見ても、高い音楽性、政治力に経営手腕、加えてカリスマ性が必要で、そんじょそこらの凡人に勤まらないのは明らかだ。「私の知る限り、ほとんどの大指揮者は『爽やかな引き際』とか『男の花道』とかいう、実務経験の乏しい評論家諸氏が好んで用いる美しい言葉とは無関係の存在である」という序章の言葉に、日本開発銀行からケンウッド代表取締役ＣＦＯという経歴を持つ著者ならではの実感がこもっている。

某月某日

沢木耕太郎『ポーカー・フェース』（新潮社）、どのエッセイもどこに連れていかれるか分からない感じが面白い。沢木耕太郎のエッセイを読むたび、構造が丸谷才一のエッセイに似ていると思う。どちらも「窓から入って正面玄関から出る」みたいな印象を受けるのである。

某月某日

『ビジネスマンのための「行動観察」入門』松波晴人（講談社現代新書）、著者が大阪ガス勤務とあって、梅田に行ったら書店に等身大の立看板があるのにびっくり。さすが商都大阪。アンケートやグループリサーチではつかめない潜在的ニーズや課題を、じっくり観察することでつかむという。具体的な事例が豊富で、個人でも使えそうだ。一流の営業マンはどこが違うのか、ノウハウをつかむために同行した時のエピソードが興味深い。一流の営業マンと同行した時はこちらまでハッピーになれるが、そうでない営業マンと一緒にいると疲れるという。そもそも、一流の営業マンは会った瞬間からお客の様子を無意識のうちに鋭く観察しているというのに納得させられる。

某月某日

誰かの書評で「怖い」と紹介されていたので買って読んでみたのだが、いや、ほんと、これが、ハンパじゃないくらい怖い。こんな怖い本、久しぶりに読んだ。理論社から出ているイギリスの児童文学、クリス・プリーストリーの『モンタギューおじさんの怖い話』『船乗りサッカレーの怖い話』『トンネルに消えた女の怖い話』三連発である。怪談の定番、それぞれ謎の男や女が子供である主人公に語るという形式を取っているが、どれも最後にどんでん返しがあり、読んでいて嫌な予感にざわざわした。しかも、こういう本はえてして最初の本がいちばん怖くてシリーズの後に行くほど怖くなくなったりするが、この三作、後に行くほどますます恐ろしくなるという稀有なパターンなのだ。もし小学校時代にこの本を読んでいたら、絶対にトラウマになっていたと思う。カタツムリとか、ドールハウスとか、望遠鏡とか——その意味は、読めば分かる。

某月某日

同じくある意味怖い話なのだが、ぐっとオトナで奇妙な雰囲気なのは、「これを読んでいるあなた。怖がることはない。」という嫌な書き出しで始まるエリック・マコーマック『ミステリウム』(国書刊行会)。奇譚というべきかミステリというべきか、一応殺人事件は起きるのだけれど、ジャンル分け不能でとても気に入った。最初、この表紙どうよ、と思ったが、最後まで読むと「なるほど」と首肯できる。

(「新潮45」二〇一二年一月号)

つい魔がさして

某月某日

ポーク・チョップ、コーン・ブレッド、レモネード。アメリカの小説の中では名前を見慣れている食べ物だが、実物を見たことがある人はどのくらいいるだろうか。アンダーソン夏代『アメリカ南部の家庭料理』（アノニマ・スタジオ）は、素朴なアメリカ料理の作り方がプロセス写真付きで載っており、学術書のような趣で、読み物としても面白い。ターシャ・テューダーの料理本や児童文学などで長年疑問に思っていたモラセス（糖みつ）など、アメリカの調味料の正体が分かったのが収穫だった。

某月某日

二四三〇メートル。カナダ軍狙撃手の打ち立てた、狙撃成功の最長射程だそうである。

狙撃成功、すなわちそれは敵兵を射殺したことを指す。戦争がゲリラ戦、市街戦となった現代、かつてないほど狙撃手の重要性が増しているという。ハンス・ハルバーシュタット『スナイパー』(河出書房新社)は、あまり自分の話をしたがらないという狙撃手の肉声を集めていて貴重である。狙撃というのは凄まじい職人業で、距離が遠くなればなるほど弾道計算は複雑になり、地球の自転まで考慮しなくてはならなくなる。彼らが一様に、殺すべき相手を明確な目的意識を持って殺しているので後悔も罪の意識もないと答えているのが興味深い。その一方で、米軍は徹底的に戦場の無人化を推し進めている。P・W・シンガー『ロボット兵士の戦争』(NHK出版)を読むと、ロボット兵器の世界は規制も倫理のへったくれもなく、もはやガッチャマンもブラックゴーストも超えている。ホントに、こいつらに任せておいたら地球は何度滅亡してもまだ足りないぞ。

某月某日

以前、『ベストセラー本ゲーム化会議』というゲームデザイナーの鼎談本が登場した時、新たな読書論として興奮したが、それ以来のヒットが『団地団　ベランダから見渡す映画論』(キネマ旬報社)。団地萌えの三人が、怪獣に破壊されるものから日活ロマンポルノ団地妻、大友克洋『童夢』から韓国映画『吠える犬は噛まない』まで、フィクションに登場する団地のイメージを追ったもので、世相や大衆心理を反映していて面白い。日本住宅公団がＵＲに名を替えてから「自分探し」に低迷しているというのに共感。不動産広告に溢れる「マンションポエム」を集めたコーナーに爆笑。「無人島にひとつだけ持っていけるとしたら高島平団地」だそうだが、持っていけないと思う。

某月某日

今、書店でいちばん勢いがあるのは「ビジネス・自己啓発本」のコーナーだろう。一ページの中にやたらゴシック文字が溢れていて、タイトルに「三つ」とか「七つ」とか数字が入っているやつだ。私も二十分でサッと読めるのと一瞬賢くなったような錯覚に陥ることができるので、心が弱っているとつい魔がさして買ってしまう。それらの中で、本当に読んでよかったと思えるものはめったにないが、数少ない例外がマイケル・フランゼーゼ『最強マフィアの仕事術』（ディスカヴァー・トゥエンティワン）だ。告白すると、彼の人生哲学にはかなり励まされてしまったのだった。ブラックなユーモアもあって、結構笑える。イタリア系マフィアのファミリーから足を洗った正真正銘、元マフィア幹部。彼に言わせると「書店には、これだけ成功の秘訣が溢れているというのに、今や国家ですら負債で首が回らなくなる寸前だ。まったく、仕切っているヤツらの顔を見てみたい。きっと、ビジネス書を読むビジネスマンはそれほど多くないのだろう。そうでないなら、多くのビジネス書は価値がないということだ」。ごもっともです。

某月某日

きっとあるだろうと思っていたが、やっぱりありました、北芝健+川口友万『実録　本当にあった警察の心霊事件簿』(学研パブリッシング。やはり学研かー)。こんな派手なレイアウトでなくても、文章もうまいしじゅうぶん中身が楽しめるのに。西麻布に出没し、ひと晩の相手をした男たちの望みをかなえる代わり彼らの身体機能の一部ずつ奪っていくという美女幽霊、ボニー・ジョンストン伝説など、どれも妙にリアルで怖い。この北芝健という人、元警察官なのだが、ちょっと特異な経歴でずっと気になっている。本人の回想録が読みたい。

某月某日

最近じわじわと紹介が進んでいるフランスのＢＤ《バンド・デシネ》(コミック。日本の漫画とはちょっと印象が異なり、アート志向が強い)。全く台詞なし、効果音なし、モノクロのイラストだけで六十七ページかけてたった三秒の出来事を描いたマルク＝アントワーヌ・マチュー

『3秒』（河出書房新社）。うーん、これってやろうと思いついても実際にやるにはものすごいテクニックが必要とされるものなのだが、実際ものすごいテクニックなのでできてしまっているのだ。何を言っているか分からない人は、現物に当たるように。じっくりと舐めるように見て楽しめる。東芋が推薦しているのになんとなく納得。

某月某日

ここ数年に出た日本の新人漫画家の中でいちばん気に入っている西村ツチカの二冊目の本、『かわいそうな真弓さん』（徳間書店）。古いような新しいような、不思議な絵。悲劇と喜劇の狭い境界線の上を、どちら側にも落ちず軽やかに渡っていく独特の話作りが魅力的。

某月某日

このところ、将棋の世界を描いた小説が続けて出ている。こうも純粋な勝負の世界は他にないことと、何よりプロ棋士たちの存在の美しさに惹かれるのだろう。第一回創元ＳＦ短編賞の候補で山田正紀賞を受賞した新人、宮内悠介の囲碁や麻雀、将棋などの対局をテーマにした連作短編集『盤上の夜』（東京創元社）が凄い。何より、これが現在のＳＦだ、と感じさせる。

某月某日

誰もが「いるいる」と納得してぷっと笑える、巷で評判のなかむらるみ『おじさん図鑑』(小学館)。酒井順子、佐藤和歌子、辛酸なめ子ら、私が「観察女子」と呼んでいるグループに新たなスターが。

(「新潮45」二〇一一年五月号)

「狂気」をめぐる冒険

某月某日

南川三治郎『推理作家の家』（西村書店）は、ジェフリー・アーチャー、トム・クランシー、グレアム・グリーンらそうそうたる顔ぶれの仕事場を撮った大変な労作である。撮影時期も八〇年代前半から九〇年代に亘《わた》っているため、まだ貿易摩擦も問題になっていない八〇年代前半のインタビューを読むと、戦後間もない日本での駐留経験のあるエド・マクベイン以外、全く日本についての知識も関心もないことが逆に興味深い。いわゆるタックス・ヘイヴンと呼ばれる国にお住まいの方もいて、英語圏のベストセラー作家の桁違いの稼ぎっぷりが窺える。

某月某日

首藤瓜於の久々の新作『大幽霊鳥賊　名探偵面鏡真澄《いじかますみ》』(講談社)。すごいタイトルの大長編だがするする読める。特に第一部は『ドグラ・マグラ』ばりの気持ち悪さと眩暈感で、眠れぬ蒸し暑い夜にぴったり。

某月某日

島田荘司が数年前からアジア出身作家対象の本格ミステリの新人賞を募集していて、二回目の受賞者は香港の陳浩基『世界を売った男』(文藝春秋)。ふと目が覚めたら六年分の記憶が消えていた警官、という「どうやって解決すんのよ」的な導入部から始まり、ラストまで隙なく無駄なくよくできているので感心。最近の香港映画は『MAD探偵　7人の容疑者』とか『殺人犯』とか、かつての講談社メフィスト賞ばりの変なミステリ映画が多いので、これもすぐに映画化できそうだ。しかも、こちらのほうが遥かにスマートだしビジュアル的にもよさそう。

某月某日

新人映画監督のいちばんの悩みは「俳優が指示通りに演技してくれない」ことだそうだ。

ジョン・バダム＆クレイグ・モデーノ『監督と俳優のコミュニケーション術』（フィルムアート社）は、どうすれば望み通りの演技を引き出せるか監督サイドと役者サイドの両側から膨大なインタビューで聞き出したもので、エピソード満載でめちゃめちゃ面白い。『マラソン　マン』の撮影の時、ダスティン・ホフマンに「役の疲労感を出すため徹夜した」と打ち明けられたローレンス・オリヴィエが「それって演技で表現できないの？」と答えた話には笑ったが、実に深い。各章ごとにポイントがまとめてあり「演出の指示は質問の形で伝える」「無意味な言葉でハッパをかけない」「皮肉や嫌味、当てこすりは厳禁。必ず悪い結果を残す」「観客にストーリーを伝えることが演技の目的。伝わらなければ意味がない」など、どうです、世の上司と部下にも当てはまってどきっとするでしょう？続けて読んだ山﨑努の読書日記『柔らかな犀の角』（文藝春秋）も、役者の本の読み方や考え方が分かって面白い上に、文章が素晴らしい。

某月某日

アン・ハサウェイとジム・スタージェス主演で映画化の原作、ある男女の十数年に亘る関係を毎年七月十五日のみの出来事で描いたデイヴィッド・ニコルズ『ワン・デイ　上・下』（ハヤカワ文庫ＮＶ）。これがなかなか達者でキュートな小説。作者は一九六六年生まれ。しかも、小説は一九八八年の大学卒業式から二〇〇六年までの話ということで、まさに私とほぼ同世代、時代背景とヒロインにとても共感できた。これ、バブルやトレンディ・ドラマに躍った日本に置き換えてドラマ化しても面白いんじゃないかな。ただ、日本の場合何月何日に設定するかが悩ましいところだ。七夕やクリスマス・イブではいかにもだし、卒業式シーズンだと三月だ。

某月某日

一見、魅力的で話上手。しかし、罪悪感や他人への共感力が欠如しており、飽きっぽく病的な嘘つき。自尊心が突出していて、狡猾な手段で他人を支配しようとする——これがいわゆる「サイコパス」と呼ばれる人々で、企業や政界のトップには少なからぬ割合で含まれているという。ジョン・ロンソンの『サイコパスを探せ!』(朝日出版社)は、サブタイトルの「『狂気』をめぐる冒険」の名の通り、正常と異常のまさしく境界線上にいる人々を取材し、あらためて狂気とは何か考えさせられてしまう。著者本人にもいささか不安神経症っぽいところがあり、それを自覚しているところも含め、決して他人事ではないと感じさせるのだ。それにしても、精神疾患の名でさまざまな病名をつけ、幼児から薬漬けにしてしまうアメリカの精神医療現場と同様のことが日本でもじわじわ進行しているようで、空恐ろしい。

某月某日

未だ誰にも穴を埋められないばかりか誰もＴＶコラムに期待しなくなってしまった今、横田増生『評伝 ナンシー関』（朝日新聞出版）をむさぼるように読む。彼女の体形から書いたものを判断するのは間違っているけど、間違いなく体形が書くことに影響していたであろうことがなんだか切ない。

某月某日

これはエッセイ？ それとも実は科学啓蒙本？ しょうもない写真と註に大爆笑の、宇宙物理学者・須藤靖『三日月とクロワッサン』（毎日新聞社）。東大って、時々こういう(以下略)。印象に残ったのは、宇宙関係の科学者のあいだで人気のあるＳＦ短編がアイザック・アシモフの『夜来たる』だということ。これは二千年に一度しか夜が来ない星の話なのだが、果たしてずーっと昼間のまんまの世界で天文学が発達するだろうか、というのが彼らの議論の対象になっている、と聞いて妙に納得した。

某月某日

いつから「クリエイター」系の人の本の装丁は真っ白ということになったんだろう。誰の本か区別がつかないのでそろそろやめてほしい。

某月某日

西川恵『饗宴外交』(世界文化社)は、『エリゼ宮の食卓』(新潮文庫)以来著者のライフワークとなった感のある「食事と酒に込められた外交メッセージ」シリーズ最新作でいよいよ面白い。佐野眞一『凡宰伝』を読んだ時も思ったが、小渕首相にはもっと長生きして頑張ってもらいたかったなあ。あのタイミングでの急逝がつくづく残念。

(「新潮45」二〇一二年九月号)

口ずさみたい恐怖俳句

某月某日

あまりにも普段当たり前に乗っているのでその凄さを実感していないが、早田森『新幹線を運転する』（メディアファクトリー新書）でＪＲ東海現役最優秀運転士として表彰された人の話を読むと、その超絶技巧ともいえる運転技術に驚嘆する。この人は名古屋まで一度もブレーキを使わずに行ったこともあるという。あまりの速さに、鉄橋はグレイのトンネルに見えるというし、すれ違う新幹線の運転士の顔も見えないそうだ。それにしても、六〇〇人もいるんですね、東海道新幹線の運転士って。あれだけの頻度で走ってるんだから当然か。

某月某日

そりゃあ、どう考えても正しいミーハーでいるほうが専門家になるよりも圧倒的に難しい。『中村貞裕式ミーハー仕事術』（ディスカヴァー・トゥエンティワン）を読んでいて「私には絶対ムリ」と震え上がった。常にアンテナを張って旬なもの、旬な人を追いかけ、専門家を巻き込んで仕事にする（すごい）。人を嫌わないし、嫌われないことを心がける（ムリだ！）。マメに顔を繋ぎ、忘れられないようにする（ますますムリ）。これをずーっと続けているなんて、なんというモチベーション。尊敬しますマジで。

某月某日

これはもう、ホラー好きミステリ好きなら果てしなく妄想してたっぷり楽しめる倉阪鬼一郎『怖い俳句』（幻冬舎新書）。芭蕉の頃から現代まで、口ずさみたい恐怖俳句がぎっしり。解説もじわりと怖く、つまらない怪談本よりよっぽどゾクゾクします。私の気に入った句を幾つか。「秋風や模様のちがふ皿二つ」（原石鼎）「春雷や布団の上の旅衣」（島村元）「葱を切るうしろに廊下つづきけり」（下村槐太）「デパートのさまざまの椅子われら死ぬ」（島津亮）「背泳ぎの空のだんだんおそろしく」（石田郷子）

某月某日
リーマンショックやユーロ危機など、ここしばらくの金融の世界で何が起きていたかを非常に分かり易くまとめてくれている藤沢数希『外資系金融の終わり』（ダイヤモンド社）。CDSというデリバティブ商品のことを「他人の家に火災保険を掛けてその家が燃えるのを今か今かと祈るような賭け」とか「AKB48や米のサブプライムローンやユーロ通貨を見れば分かるとおり、どうやら寄せ集めは七難を隠すらしい」とか、喩えがおかしい。

某月某日
「キネマ旬報」に十七年に亘って連載されたものをまとめた、トレンディドラマからウルトラマンまで分け隔てなく真正面からがっつり組んで批評した樋口尚文『テレビ・トラベラー』（国書刊行会）が面白い。とても誠実な仕事で、ものすごい読み応え。巻末に寄せられた脚本家やプロデューサーのメッセージにあるとおり、作り手はきちんとしたテレビ批評に飢えているのだと思う。そして、たぶん観ている視聴者のほうも。

某月某日
スピリチュアル系というのが何を指し、どの辺りをカバーするのか未だによく分からないのだが、ヒーリングとかチャネリングとかホメオパシーとか、なんだかいろいろあるらしい。辛酸なめ子『霊的探訪』（角川書店）は、著者が体当たりでその種のセミナーを受けて「霊格修行」に励むレポートをまとめたものである。いちばん驚いたのは、占星術師だのヒーラーだの聖者だのが、こんなにしょっちゅう世界中から来日して公開講座のようなものを開いていることだった。つまり、それだけ需要があって、参加する人がいるということか。辛酸なめ子の本気なのか突っ込みなのか分からない、絶妙なコメントがおかしい。

某月某日

釈徹宗・高島幸次『大阪の神さん仏さん』（１４０Ｂ）は、これまでにありそうでなかった本で、大阪の宗教観を著者二人で縦横に語ったもの。浄土真宗が大阪人の気質に大きな影響を与えたとか、西方浄土の思想があって、海と川を船伝いに神さんがやってくるとか、興味深い話題が満載で興奮して読んだ。ムラの祭りは基本的に収穫祭で、マチの祭りは基本的に疫病退散が目的である、というのは言われてみて納得。

某月某日

茶室の中では対等、というのはギャンブルとお茶を組み合わせた「闘茶」から始まる概念らしい。確かに、賭場の中では皆対等だから、それがのちの「茶室の中では身分は関係ない」ところに繋がっていくという。藤森照信『藤森照信の茶室学―日本の極小空間の謎』（六耀社）は茶室の成立から現代の茶室まで流れるように辿ってゆき、ためになる。こんにちのいわゆる「茶室」の原型である利休の「待庵」が、いわばプレハブのようなもので、戦時にあちこちにあるお堂の中に囲いを作って急拵《ごしら》えしたためあの広さと造作になった、というのは面白い。

某月某日

重病の母親を持つ少年の孤独と苦悩を描いたパトリック・ネス著／シヴォーン・ダウド原案『怪物はささやく』（あすなろ書房）は、児童文学ながらずっしりと胸にこたえる小説で、全体に漂う不穏な雰囲気が素晴らしく、イラストと装丁もそれをあますことなく伝えている。これが中学生の部の読書感想文課題図書とは！　傑作だけどこれで書くのはしんどいなー。対策としては、「怪物とは誰か？」か「怪物は私だ」という方向で書くことになるんだろうな、たぶん。

某月某日

旅の本は、健啖家で酒飲みの人が書いたもののほうが面白いし好きだ。坂村健の『毛沢東の赤ワイン』（角川書店）は、そういう意味でストレートど真ん中。世界中でもりもり食べて飲んでくれて気持ちいい。豪快に飲み食いしているようでいて、アジアでは衛生にしっかり気を遣い、周りが体調を崩しても著者だけは元気というのがさすがという感じ。なぜか「漢字はアジアのラテン語」という言葉が印象に残った。言い得て妙。

某月某日

町山智浩の持つバランス感覚を信用している。『教科書に載ってないＵＳＡ語録』（文藝春秋）でもいよいよ磨きが掛かっていて、「オチの一行にこだわる」ところにも共感。澤井健のイラストがケッサクで、これだけでも一見の価値が。

（「新潮45」二〇一三年一月号）

リニューアル後のポケミスが凄い

某月某日

毎晩少しずつ読んでいたら、さすがにひと月近くかかってしまった柳下毅一郎『新世紀読書大全　書評１９９０－２０１０』（洋泉社）。なにしろ、二十年分の書評や映画評だ。六〇〇ページを超えるボリューム。かつてマイナーやカルトと言われていたもののほとんどをカバーしていたこの使命感（？）とバイタリティに敬服である。今やここに載っているもの、みんなメジャーになっちゃったからなあ。堪能しました。

某月某日

久々に、やっぱり本格ミステリっていいなあと思えた法月綸太郎『犯罪ホロスコープⅡ・三人の女神の問題』（光文社）。今どき、こういう真っ当な、まさに論理を積み上げた鮮やかなミステリはなかなかお目にかかれない。電話を掛けた順番で犯人が分かるという表題作に痺れました。こちらも堪能。

某月某日

見返しの真っ黒な装丁も含め、全編カラスへの愛情溢れる、大笑いできて少しためになる松原始『カラスの教科書』(雷鳥社)。カラスについて意外と何も分かっていないということに驚くが、驚くべきはそのカラスを調査している動物行動学者の実態のほう。世の中にはいろいろな仕事があるもんだとしみじみ。警戒心が強く、空からふうっと一羽で舞い降りてくるのがハシブトガラスで、仲間と地面をちまちま歩いていたらそれはハシボソガラスという見分け方は覚えました。

某月某日

類書はあまたあれど、目ウロコだった片岡義男『日本語と英語　その違いを楽しむ』(NHK出版新書)。同じ内容を日本語にすると主語と動詞が消え、英語にすると必ず動詞が現れる、というのはそれぞれを母国語とする人間のメンタリティにも深い影響を与えているようでちょっとショック。

某月某日

若旦那や長屋の人々など、落語に登場する独特の人物を心理面から分析する藤山直樹『落語の国の精神分析』（みすず書房）も目ウロコの落語論。江戸っ子の死生観・人生観など興味深い。「与太郎とは誰か」の項で、「人を十分に蔑むことができなければ、愛することもできないのだ」の一行に胸を衝かれた。

某月某日

ロシア正教が大々的に復活し、プーチンがやたら接近しているなとは思っていたが、まさかこんなことになっていたとは。今や教会はコングロマリットとなり、酒に煙草、石油まで売っているのだという、中村逸郎『ろくでなしのロシア　プーチンとロシア正教』（講談社）。タイトルは、ロシア人が悪態をつく時に呟く言葉だそうで、愛憎入り混じった愛国心の発露らしい。そんなロシア正教も含め、昔も今もインテリアとして意識しているだけで、結局日本人はキリスト教に馴染みがないが、相変わらず凄い記憶力で学生時代を振り返る佐藤優『同志社大学神学部』（光文社）は、カトリックとプロテスタントの違い、宗派の考え方の違いなど、キリスト教入門として分かり易く整理してくれる本である。

某月某日

でもって、最近お洒落なリアル書店やブックカフェがもてはやされているが、これまた本がただのインテリアにしかなっていないので、せっかく素敵な『世界で最も美しい書店』（清水玲奈、エクスナレッジ）を眺めていても、モヤモヤした割り切れない心地になる。そこへいくと、本は買って読んで保存しておくものだという明快な哲学のある『立花隆の書棚』（中央公論新社）を読むとホッとする。書棚の説明をしているだけなのに一息に面白く読めてしまうのはさすが。

某月某日

リニューアル後のハヤカワのポケミスと、シーラッハ『犯罪』以降の東京創元社のラインナップが凄い。どちらも外れなしの傑作揃い。最近のものではモー・ヘイダー『喪失』、ドナート・カッリージ『六人目の少女』、アンドレアス・グルーバー『夏を殺す少女』など、どれも読み応えじゅうぶんの力作なのだが、よくできているがゆえに満足感が共通しており、だんだん記憶の中でごっちゃに。幼児期に犯罪被害者となりトラウマを抱えた女性捜査官、過去の事件で傷つきはみだし者となったやもめの男性捜査官、というのがここ半年に読んだ翻訳ミステリのほとんどの主人公だというせいもあるかもしれない。その中で、トマス・H・クック『キャサリン・カーの終わりなき旅』（←邦題が素晴らしい）は、ミステリという枠組みを解体させかねないどころか小説としてもほどけかかっている奇妙な作品なのだが、川を遡るイメージ、過去を遡るイメージなど、幾重もの「遡行」のイメージが印象的で、妙に後をひく作品だった。

某月某日

都市と映画の関係を考察して面白かったのが鈴木了二『建築映画　マテリアル・サスペンス』（LIXIL出版）。「建築映画とは、建築サイドから見れば、映画によって隅々まで浸されて溺れてしまった建築であり、映画サイドから見れば、スクリーンに建築が突き刺さり、突き破ってしまったような映画のこと」だそうだが、これを読んで久しぶりにカサヴェテスの『グロリア』を観たくなった。中でも黒沢清論の「幽霊と開口部」及び黒沢清との対談「踊り場目線で東京を摑まえる」が非常に面白い。私もなかなかきちんと東京を撮った映画がないなと思っていたが、確かに『CURE』『叫』など黒沢清の映画は東京の核をスクリーンに捉えている。

某月某日

で、都市からの連想なのか久しぶりに（学生時代以来だ）安部公房の『燃えつきた地図』（新潮文庫）が読みたくなり手に取ってみたら、初読時よりもずっと面白くて興奮した。ここに描かれたのは六〇年代の東京郊外と思われるが、次世代の再開発が進む現代の東京に妙に重なるのだ。先日一夜にして東急東横線が地下に潜った渋谷駅をはじめ、突然風景の変わる東京。見えないところで着々と進むビッグ・プロジェクトを撮った篠山紀信『現場紀信—篠山紀信が撮る土木』（日経ＢＰ社）を併せて見ると更に奇妙なデジャ・ビュが襲ってくる。

（「新潮45」二〇一三年五月号）

身につまされて慄然

某月某日

チェスや将棋などすべてのデータが見られるゲームを「完全情報ゲーム」と呼ぶのに対し、相手の手札が見えないポーカーのようなゲームを「不完全情報ゲーム」と呼ぶのだそうだ。このようなゲームには勝負に運が一定の割合で入りこんでくる。木原直哉『運と実力の間』（飛鳥新社）は、大学の学費もすべてポーカーで稼いでいたという、若きプロの勝負に対する考え方が面白い。「負けが込んでいる時にはスタイルを変えない。勝っている時は変えてもいい」というのは一見逆に思えるが、ある程度の強さになると、負けているのが運のせいなのか、それとも技術のせいなのかが分からなくなるからだそうだ。

某月某日
人材獲得というのも一種の賭け。プロ野球のスカウトのノウハウから人材の獲得と育成を学ぶ澤宮優『人を見抜く、人を口説く、人を活かす』（角川ｏｎｅテーマ21）も興味深い。長いスパンでチームを考えると「補強と補充は違う」という言葉が重く、近年めっきり近視眼的な日本の社会や企業にもそう主張したい。

某月某日
川久保玲をはじめ八〇年代に世界に出ていった日本人ファッションデザイナーの衝撃は、最近のドキュメンタリー映画『ビル・カニンガム＆ニューヨーク』でも語られていたが、みんな今もホントにカッコいい。世界中で熱狂的ファンを持つブランド、ワイズのこれまでを語った山本耀司『服を作る』（中央公論新社）でも、山本耀司、つくづくカッコいいぞ。

某月某日
髙山貴久子『姫神の来歴』（新潮社）は、書かれたきっかけからして不思議である。著者はある日夢の中で古代の衣装を着ていて、隣にいる兄に「あの人は、兄上の妃になるはずの人だったのに、寝取られてしまった。この国の正統な統治者は、わたしたちのほうなのに。いまに、あの者たちを追い落としてやる」と怒りとともに叫び、目を覚ますと「姫神の来歴」という言葉が聞こえたというのだ。この夢に導かれて十年かけて取材をし、この本を書いたという。オオクニヌシやスサノオといった古代の神々の正体、更にはあの有名な女性の正体を解き明かしたものであるが、論考の展開が自然で無理がなく、「そうかも」と素直に納得させられてしまった。残念ながら、この本の刊行を見ることなく著者は急逝されたそうで、謹んでご冥福をお祈りするとともに、啓示としか思えない経緯でできたこの本にも敬意を表したい。

某月某日

『失踪日記』などと同じように、暴露告白系の笑える本だと思って読み始めたが、笑うどころか身につまされて慄然とした。西原理恵子・吾妻ひでお『実録！　あるこーる白書』（徳間書店）は、西原の元夫と吾妻本人が重症のアルコール依存症であっただけに、たいへんに切実な啓蒙本である。依存症は病気であり、治療しない限り治らない。ただただその単純な事実が衝撃的である。意志や性格に関係なく誰にでもなる可能性があるし、いわば家族も一緒に難破している状態であるので、全員が助かるためには、依存者を引き離して治療するしかない。私も呑んだあとの鬱感情に覚えがあるし、決して呑みたいわけではないのに、帰って仕事をするのが嫌だからハシゴしているという自覚があるだけに、一歩足を踏み入れているのではないかと恐ろしくなった。

某月某日

一本の釘、ジップロックのフリーザーバッグ、銀座梅林の箸袋、シャワーキャップ。これらは文字通り、探検家高橋大輔の『ＴＯＯＬＳ　命を救った道具たち』（アスペクト）である。どんなふうに使ったのかは本文を見ていただくとして、シンプルな写真とともに紹介される、探検のお供となった道具を見ていると、ひとつひとつに物語があって、なんとなくこっちまで冒険に参加しているみたいでわくわくする。なかなか休みが取れない、遠出ができない人にもおすすめ。

某月某日

これを読んで「やられた」と思う小説家は多いのではなかろうか。かくいう私も似たような企画を温めていただけに「うーん」と唸ってしまったローラン・ビネ『ＨＨｈＨ』（東京創元社）。一九四二年のプラハで起きたナチの高官ラインハルト・ハイドリヒの暗殺事件を描いたものだが、いわば実況中継のようにしてその執筆過程を並行して描いていくという禁じ手すれすれの力技。小説とは、ノンフィクションとは、史実を描くということとは、などいろいろ考えさせられる。たいへん面白く興奮させられたが、第一作でこれをやってしまってこの先どうするよ、という、老婆心を覚えてしまったことも確かである。

某月某日

現代小説の極北を目指した『ＨＨｈＨ』に比べ、井上雅彦が懐かしき「奇妙な味」の掘り出しものを集めてくれたジョン・コリア『予期せぬ結末１　ミッドナイト・ブルー』（扶桑社文庫）が楽しい。一九四〇～六〇年代の短編だが、全く古びておらず、ほれぼれするような職人芸。こういう短編小説を読む喜びも、ちっとも古びていない。表題作の「ミッドナイト・ブルー」や「大いなる可能性」が好み。本格ミステリのパロディ「ボタンの謎」に大うけ。

某月某日

更に、懐かしいといえば、先ごろ亡くなったエンタメ界の伝説リチャード・マシスンの追悼エッセイを書くために読んだ『激突！』（ハヤカワ文庫ＮＶ）。スピルバーグが監督した伝説のＴＶ映画の原作「激突！」が思ったよりもずっと短い短編だったことに驚くが、他の短編もバラエティに富んだ超絶技巧の面白さ。エンターテインメントのレベルは日本もアメリカも底上げされてはいるけれど、抜きんでているものでいえば、あまり進歩していないような気が。

某月某日

タイトルだけで本好きならば思わず首肯してしまう岡崎武志『蔵書の苦しみ』（光文社新書）。そりゃあ、殿堂入りの五百冊だけを書棚に置いて生産活動すべし、というのは理想ですがねえ。著者は断捨離に（やや）成功したようですが、私にはまだ無理みたい。

（「新潮45」二〇一三年九月号）

「インターネットはバケツリレー」に納得

某月某日

小林泰三の描く世界はいつもどこかが決定的に壊れているのだが、それを登場人物が全肯定しているのが怖いのである。そのことが、『不思議の国のアリス』の世界とシンクロしているという世界を舞台にした『アリス殺し』（東京創元社）では最高の効果を発揮していて、本格ミステリとしても傑作だと思う。ラストの一行も素晴らしい。

某月某日

やはり本格ミステリは読んでいて楽しいなあと実感する今日このごろ。力作を続けて読んだせいかも。アガサ・クリスティー賞を受賞した三沢陽一『致死量未満の殺人』（早川書房）は非常に端正かつ緻密な正統派本格ミステリで堪能しました。河合莞爾『ドラゴンフライ』（角川書店）は、警察小説＋本格ミステリという課題を見事クリアしていて面白かった。デビュー作『デッドマン』も島田荘司なみの不可能状況を解決していて注目です。

某月某日

そして、ここ数年、本格魂炸裂の凄いミステリを連発している古野まほろ。二〇一二年の『セーラー服と黙示録』に続いて出た『背徳のぐるりよざ』（角川書店）が凄い。バチカン直轄の探偵養成女学校が日本にあるというありえない設定のシリーズものなのだが、今回は『八つ墓村』をベースにした、閉ざされた集落での殺人事件。あらゆるガジェットてんこ盛りのはなれわざで、細かい伏線も効いていて素晴らしい。このPOPなのかなんなのかよく分からない文章の「ノリ」も慣れるとやみつきに。極悪非道の校長とシスターに愛を感じるようになってきました。

某月某日

辺鄙な田舎に引っ越してきた一見上品そうな老婦人が、自宅に女性を監禁し、餓死させていたという衝撃的な事件から始まるクリスチャン・モルク『狼の王子』（早川書房）。凄惨な話で、ぶっとんだ登場人物ばかりなのに、なぜかどの人物も憎めないし、読後感が爽やかなのが不思議。あいだに挟まる「狼王子」の寓話も魅力的で、奇妙な魅力を持つ小説だ。

某月某日

航空機事故の原因を探る専門チームの活躍を描いたデイナ・ヘインズ『クラッシャーズ・墜落事故調査班上・下』(文春文庫)は私好みのサスペンス。チームリーダーの日系女性スーザン・タナカは、作者の近くにきっとモデルになる人がいたんだろうなあと思わせる。

某月某日

で、飛行機つながりで読んだ『パラダイス山元の飛行機の乗り方』(ダイヤモンド社)。「乗りテツ」ならぬ「乗りヒコ」の実態にあぜん。とにかく飛行機に乗っていたいという著者、空港に着いても一歩も外に出ず、来る時乗ってきた飛行機にまた乗って帰るのは当たり前。仕事で名古屋に行く時は、送られてきた新幹線のチケットは即キャンセルし、「羽田→博多→名古屋」、「羽田→沖縄→名古屋」など必ず飛行機でどこかに寄ってから行く、などなど、その「乗りヒコ」魂の一端に触れられる。

某月某日

知らなかった。デジタルカメラのデータから、その写真を撮った日時はもちろん、撮った場所の緯度に経度、海抜まで分かるなんて――岡嶋裕史『個人情報ダダ漏れです！』（光文社新書）はユーモアたっぷりに、いかに現代の情報ツールから個人情報が流出しやすいかを説明してくれて恐ろしい。基本的に、「インターネットというのはバケツリレーである」ため、運ぶ最中にバケツの中身は見えるという説明に納得。

某月某日

じゃあ、どうしても個人情報を誰にも与えたくないと思った時はどうすればいいの？　フランク・M・アハーン＋アイリーン・C・ホラン『完全履歴消去マニュアル』（河出書房新社）を読むと、こんにちの世界では、相当な覚悟がないと難しいことを教えてくれる。携帯電話もインターネットも使えないし、移動するだけでもたいへんだ。つまり、秘密保護なんてほとんど不可能だということである。

某月某日

一九七五年の本を復刊したという会田雄次『決断の条件』（新潮選書）に爆笑。いや、笑ってる場合ではないのだが、この歯に衣着せぬシビアな語り口がなぜか妙にブラックな笑いを誘うのである。むろん、その笑いは優柔不断で「ずるずる」な日本人である自分にすべてはねかえってくるのだが。「人間の価値は、情報判断能力にある。（中略）このような情報過剰時代には、その情報が正しいかどうかは、その情報をもたらしたものが、はっきりしたその情報に対する態度、判断を持っているか否かにかかわるということである。」「今日の混乱は、言葉はあるが、実行と責任のない世界が生み出したものであろう。このような世界は大変すみにくいように見えて実は案外楽な世渡りができる社会なのである。事由は簡単だ。腹をくくり、本当に責任を負う決心さえすればよいのである。」「物質的にであれ、精神的重荷であれ、労働であれ、かなり先の時点まで自分が負担を負いつづけるという覚悟なしに一切の決断をしてはならない。そうでない決断など決断にならない。『万一の場合は俺が責任を負う』などということでいかにも自分の決断のようにいう人があるが、万一のときなどというようでは決断ではない。」などなど、名言の嵐である。

某月某日

親戚ではないだろうが、続けて手に取った会田弘継『追跡・アメリカの思想家たち』

（新潮選書）も面白かった。知っているようでよく知らない、アメリカのリベラルと保守の逆転とねじれなど、漠然と不思議に思っていたことが少し理解できた。戦後のアメリカの思想家たちのあいだで読まれていた夏目漱石の『こころ』をめぐるドラマは、感動的。

某月某日

古書コレクターという人種について描かれた本は、最近ではもはやひとつのジャンルとなっているほど。そこに新たな一冊が。アリソン・フーヴァー・バートレット『本を愛しすぎた男・本泥棒と古書店探偵と愛書狂』（原書房）に登場する、転売目的でなく手元に置くために本を盗み続け、全くの罪の意識のない男は、狂気を通り越して空恐ろしい。

（「新潮45」二〇一四年一月号）

どこに連れていかれるか分からない

某月某日

年明けからこっち、プライベートで読んで今のところいちばん面白かったのがポール・ブルースタイン『ＩＭＦ上・下　世界経済最高司令部20ヵ月の苦闘』（楽工社）。ポリティカルスリラーというか、ほとんどホラーというか……このあまりの不条理に眩暈すら覚える。庶民から搾り取った税金が金持ちの救済に使われるという悪しき習慣がすっかり当たり前になってしまったこのグローバル経済とやら、なんとかなりませんかね。

某月某日

同じマネー関係でも、ご記憶にあるでしょうか、ロバート・キヨサキ＆シャロン・レクター『金持ち父さん貧乏父さん』（筑摩書房）。これ、日本での刊行は二〇〇〇年。ずっと寝かしてあったのをたまたま本棚整理中に読んでみたのだが、今読んでも全く古びていなくて、とてもいい本だったのだ。むしろ、今のほうがしっくり来るのではないか。続けて読んだ荒俣宏『0点主義　新しい知的生産の技術57』(講談社)も、全く方向性は異なるのだが図らずも同じことを言っているのに驚く。つまりどちらも「カネに使われるな。自分の人生の主人たれ」ということを言っているのだ。なぜか励まされました。

某月某日

薄々感じてはいたのだ。ここ数年公開されるアジア映画、特に若手の作る中国系映画を観ていて、アジアでヤンキーは鉄板だと。斎藤環『ヤンキー化する日本』(角川oneテーマ21)があまりにも面白くて、元になった同じ著者の一昨年の話題作『世界が土曜の夜の夢なら　ヤンキーと精神分析』(角川書店)まで遡って読む。「ヤンキー文化＝女性原理のもとで追求される男性性」「おたく文化＝男性原理のもとで追求される女性性」「青少年の反社会性は芽生えたとたんにヤンキー文化に回収され、一定の様式化を経て絆と仲間と『伝統』を大切にする保守として成熟してゆく。我々は無自覚なうちにかくも巧妙な治安システムを手にしていた」などなど、いちいち腑に落ちることしきり。

某月某日
自転車競技の凄まじいクスリ漬けを告発し、世界を騒然とさせたタイラー・ハミルトン&ダニエル・コイル『シークレット・レース』(小学館文庫)。恐ろしい内容なのに、読了後に残るのは、自身も元選手でドーピングしていた著者のビルドゥングス・ロマンとしての印象なのが不思議だ。

某月某日
著者はデヴィッド・リンチの伝説的TVドラマ『ツイン・ピークス』の影響を受けて書いたというが、ブレイク・クラウチ『パインズ　美しい地獄』(ハヤカワ文庫NV)は、主人公がある朝目覚めたら知らない町＝何が起きているのか分からない町＝どうしても出ることができない町にいたというところからいって、むしろかなり『プリズナーNo.6』っぽいです。確かにこのラスト予測不能。ここまでとは思わなかった。これを三部作にするって——本当に？

某月某日
不器用な今どきの若い恋人たちの出会いと別れという「小さい話」と、人格を転移した探査機で宇宙開発するという「大きい話」との落差が面白い六冬和生『みずは無間』（ハヤカワＳＦシリーズＪコレクション）。過食症で情緒不安定な、地球に残してきた恋人みずはの造形がリアル。主人公透の記憶の中で響き続ける彼女の声、どこまでも追ってくる「ひとくちちょうだい」がやけに怖い。昨年話題になった傑作ＳＦ、野﨑まど『ｋｎｏｗ』（ハヤカワ文庫ＪＡ）の帯「僕はほとんどを知っている。彼女はすべてを知っていた。」というコピーが素晴らしいと思ったが、この本の帯「三万光年先にも地獄はあったんだね。」というコピーも冴えているぞ。

某月某日

デビュー作の『クリーピー』、第二作『アトロシティー』と肌がざわざわするなんとも嫌な感じのミステリを書いてきた前川裕の『酷─ハーシュ─』（新潮社）。どこに連れていかれるか分からない、抑制の効いた不気味な雰囲気が魅力。こういうよくできたダークなものを読んだ時の満足感というのは格別である。変な人物も増量されて、面白く読んだ。今後もこういう嫌な雰囲気の小説をどしどし書いていただきたい。

某月某日

もちろんタイトルの「密室」に惹かれて手に取ったジョー・バニスター『摩天楼の密室』（扶桑社ミステリー）。建築中の高層ホテル、最上階のペントハウスに閉じ込められた人々が不条理な暴力に晒されるという王道サスペンス。突っ込みどころは多々あるが、これも全体に嫌な雰囲気が漂っていて結構楽しく読みました。厳密には「密室」ミステリじゃなかったけど。世に「密室」のタネは尽きまじ。

某月某日

「ＳＦ」に関連するあらゆる古書を集め続ける著者の活動報告第二弾、北原尚彦『ＳＦ奇書コレクション』（東京創元社）。帯の「汲めども尽きぬＳＦ奇書・珍本」にも実感。あるわあるわ、関連本。いちばん受けたのは武術ＳＦ『合気道小説　神技』でしょうか（読もうとは思わないけど）。世に「ＳＦ」のタネは尽きまじ。

某月某日

プレッシャーに弱く段取り下手の私にとって、料理人というのは絶対に無理な職業のひとつだ。一介の主婦からパリの星付きレストランのスー・シェフまで上りつめ、顧客の家に出向いて料理を拵える「出張料理人」というジャンルを有名にした狐野扶実子『世界出張料理人』（角川書店）を読むと、著者の聡明さとセンス、パワーとリーダーシップに感嘆する。行く先々の、ひとつとして同じものはないキッチンで奮闘するさまにわくわく。欧米の富裕層の実態も垣間見られて「家政婦は見た！」的な面白さも。

某月某日

いっぽう、日本にイタリアやフランスの「本物」の味を普及させた名シェフたちのインタビューを集めた木村俊介『料理の旅人』（リトルモア）は、各人の濃厚な人生が迫ってきて凄い読み応え。中に一人だけ寒天会社の社長さんがいて、彼が肝に銘じているという二宮尊徳の言葉「道徳なき経済は犯罪である。経済なき道徳は寝言である」に感心。ＩＭＦとウォール街の人々にも教えたいです。

（「新潮45」二〇一四年五月号）

連想の文学

某月某日

二〇一二年に仙台文学館で行われた講義を記録した小森陽一『仙台で夏目漱石を読む』（荒蝦夷）が、「鬼気迫る」としか形容しようのない迫力で圧倒的。日本の近代を総括しているような、歴史の転換点を目撃しているような、不思議な感動を覚えた。こういう素晴らしい読み方を教えられると、もういちど漱石を読んでみたくなるし、まだまだ文学の果たすべき役割はあると確信できる。

某月某日

細谷朋子『長唄の世界へようこそ　読んで味わう、長唄入門』（春風社）、長唄に興味はあったが知らないことだらけ。古典文学の重層性にクラクラ。つくづく、日本の古典って同音異義語が異常に多いという日本語の特性を最大限に生かした、連想の文学なのだ。掛詞に枕詞など、音から連想されるあらゆるイメージを繋げ、聞く者を作者の思う場所に導いてゆく手練手管がすごい。「鷺娘」がこんなにホラーな唄だとは知らなかった。二十世紀初め、来日したアンナ・パブロワの「瀕死の白鳥」の影響を受けて踊り方が変わったというのも面白い。

某月某日

半年間の受講料が六百万という、噂の究極的社会人講座、東大EMPから生まれた本、『課題設定の思考力』『デザインする思考力』(東京大学出版会)。講座を実際に受け持っている、各分野でのトップランナーのお仕事の紹介であるが、恐る恐る読んでみたら、意外や面白い。最先端の学問というのは、自然科学であれ人文科学であれ、「新しい考え方」の発見なのだ。「へー、今の科学者ってこんなことを考えてるのか」と目ウロコしきり。

某月某日

竹下節子『ユダ　烙印された負の符号の心性史』(中央公論新社)を読んで、これまでもやもやと疑問に思っていたことが少し解けた。ユダという名前に込められたイメージがどのように定着していったかとか、「ユダ＝ユダヤ人」になっていった過程とか、「さまよえるユダヤ人」の伝説が生まれた背景とか。いつの世も責任転嫁は人間の性だと思うと、暗い気持ちになる。

某月某日

私は典型的な面倒臭がりタイプで、部屋は片付かず、なんでも先送り。日々自己嫌悪に苛まれている。気休めで手に取った島宗理『使える行動分析学　じぶん実験のすすめ』（ちくま新書）を読むと、「だらしないからできない」のでも「才能がないから」できないのでもない、行動に対する嫌子（避ける要因）を排除し、好子（とっつきやすい要因）を用意すればよいのだと希望の湧くお言葉。実際の実験例も多数紹介されており、その結果を見ると確かに使えそうだと思ったが、読んで数ヶ月経った今も実行に移す気配はないのだった。

某月某日

今井良の『警視庁科学捜査最前線』（新潮新書）を読んでそのハイパーぶりに驚嘆。警官仕様の携帯電話――機能、凄そうだなあ。だけど、紛失したら、始末書じゃ済まないだろうなあ。しかし、いちばん驚いたのは、「見当たり」（駅や繁華街に出て行き交う人の顔をひたすらじっと眺め、指名手配犯を探す）捜査を今もやっていて、しかも実際にちゃんとつかまえているということである。

某月某日

世紀のスクープ、グレン・グリーンウォルドの『暴露　スノーデンが私に託したファイル』（新潮社）は、当初スパイ映画みたいだと興奮しながら読んだけれども、読了後しばらくして印象に残るのは、「監視や盗聴は決して許してはいけない」というグリーンウォルドの断固たる信念である。「監視されていると、人は自然と自制し、自分の意見を自粛するようになる。そのことに慣れていくと社会は萎縮し、やがて『本当に』人は何も考えなくなる」からだという。実際、既にそうなっているような。

某月某日

小泉凡『怪談四代記　八雲のいたずら』（講談社）を読むと、ラフカディオ・ハーンの『ＫＷＡＩＤＡＮ』が世界文学として読まれていることに驚く。小泉家に伝わる不思議な話も興味深い。如意輪観音地蔵の呪いの話はめちゃくちゃ怖い。

某月某日

目新しいネタは何もなく、むしろ古典的なネタなのに、センスと演出次第でちゃんと新しい酒を入れられるというお手本のような大山尚利『ブラックラジオ』（ハヤカワ文庫JA）。構成も楽しく、「全国こども電話相談室デビル」「ブラックサンデー競馬中継」に爆笑。

某月某日

ブライアン・エヴンソン『遁走状態』（新潮クレスト・ブックス）も、不条理な状況が引き起こすブラックなおかしみが全体に漂っていて、それが妙に心地よい。やっぱりアメリカ人の「存在の不安」は根深い。アメリカ出版界を赤裸々に（？）描いた「九十に九十」に爆笑。

某月某日

何かの機会があって、昔読んだ本を読み返すと全く印象が異なるのに愕然とする。ＳＦファンの皆さん、フレッド・ホイル『10月１日では遅すぎる』（ハヤカワ文庫ＳＦ）のあらすじを説明できますか？　私は完璧に忘れていました。この本、タイトルのインパクトが強すぎるので、素敵なタイムパラドックスものだったはずと思いきや、あちこち旅して紅茶を飲んでいるイギリス人の話でした。

某月某日

もう一冊、ポプラ社版少年探偵江戸川乱歩全集で、なぜか印象に残っていた『死の十字路』を、エッセイを書くために読み返してあぜん。名推理も小林少年の活躍もない、全く救いのない、大人の犯罪物語なのである（ちなみにこの作品、乱歩の大人向けの小説を別の人が子供向けにリライトしたもの）。印象に残った理由が分かった。大人の世界って不条理、だけどこれが現実。少年探偵団にわくわくしている幸せな幼年時代はもうおしまいだよ、と引導を渡されたからだ。

某月某日

今更だが、ミラン・クンデラを読み返していて、これが、しみじみ面白いのである。世界が認めた「チェコ文学」としてではなく、クンデラの主張する「恋愛小説」としてでもなく、ただ単に小説として面白い。小説を読む楽しみってこういうものだったと、久しぶりに思い出したような気がする。

（「新潮45」二〇一四年九月号）

聖書は最強

某月某日

アゴタ・クリストフの『悪童日記』（ハヤカワepi文庫）が評判になった時のことは今でも覚えている。シンプルな文体。突き放した衝撃のラスト。映画化&日本上映記念に読み返してみたら、やはりその衝撃は変わらないものの、なぜか「懐かしい」と感じてしまった。当時奇跡の三部作と言われた『ふたりの証拠』『第三の嘘』を今続けて読むと、ああ、クリストフはもう『悪童日記』ですべてをやってしまって、あとの作品は皆、もうその反芻に過ぎなかったのだなあと思う。ここに登場する双子は故郷に置いてきた心と亡命した身体の暗喩であると早くから指摘されてきたが、彼女が描きたかったのは心を置いてきた故郷の町そのものだったのだ。刊行から早や四半世紀以上が経ち、あんなのも出たしこんなのも出たし、この先第二次大戦モノはどうなるんだろ、と考えているのにハッと気付き、もはや戦争の悲劇も物語のネタとして消費してしまい、既に飽きている自分にゾッとしたのだった。

某月某日

当世随一のページ・ターナー、ジェフリー・ディーヴァーの最新作『ゴースト・スナイパー』（文藝春秋）が霞むほど、ここ半年ばかりに出た翻訳ミステリに面白いものがいっぱいあって幸せ。既に評判ですがテリー・ヘイズ『ピルグリム』①～③（ハヤカワ文庫NV）は、本当に一字たりとも無駄なし隙なしでめちゃ面白い。この本、ジャンルとしてはテロの阻止というサスペンススリラーなのだが、実は二つの殺人事件が重要な関わりを持っていて、この部分がかなりの本格ミステリなのだ。とある仕掛けを用いて犯人を捜すところなど「おお！」と本格センサーが反応してしまった。新人なのにクールで達者なロジャー・ホッブズの『ゴーストマン　時限紙幣』（文藝春秋）も、「ガーデニング用品は死体の処理にピッタリ」とか、高層ビルのてっぺんの銀行から盗んだ金をどうするか、とかミステリ的な小ネタのほうにいちいち反応。

某月某日

やはり私の根っこは本格ミステリだ、と確認したところでベテラン勢も負けていない。ヘレン・マクロイ『逃げる幻』（創元推理文庫）は読み終わってみるとどう考えてもこの解答しかないのにそれでも騙された。昔の人は凄いなあ。本格ファンというのは、いつも面白い安楽椅子探偵モノに飢えているので、帯にそう書かれているとすぐに手に取る。ここ数年、どれも期待以下でがっかり、を繰り返してきた読者としては、もはやクラシックであるマージェリー・アリンガムの『窓辺の老人』（創元推理文庫）が予想以上に面白く、まだまだ逸品が埋もれているのだと安心。昔の人は偉いなあ。

某月某日

分かっていても騙された、という点ではこのほど完結した、ＴＶ業界を舞台にしたピカレスク・ロマン細野不二彦『電波の城』（小学館）もそう。これまたどう考えてもこの終わり方しかなかったのに、最終巻を迎えるまでラストを予測できなかった。この衝撃的かつ見事なラストに向かって、長尺の物語を描ききった著者に敬意を表したい。

某月某日

少し変わったところでは、北原尚彦『ジョン、全裸連盟へ行く』（ハヤカワ文庫ＪＡ）が面白い。これ、シャーロック・ホームズのパスティーシュなのだが、ホームズはホームズでも、現在世界中で人気のＢＢＣドラマ版『ＳＨＥＲＬＯＣＫ』のパスティーシュなのである。本当にあのドラマの新作を見ているようで、すごくよくできている。これ、ＢＢＣに次のシーズンの原作として売れるんじゃなかろうか。

某月某日
八〇年代の人気バンド「ワム！」の曲は、実は日本人ライターが書いていたという噂を追う「小説」、西寺郷太『噂のメロディ・メイカー』（扶桑社）、あまりにも面白くて一気読み。当時の洋楽史にもなっていて楽しい。日立マクセル、お世話になったなあ。この頃の音楽シーンのハードは日本が一手に担っていたのだと思うと感慨深い。

某月某日
さんざんあちこちで論じられてきた映画だが、梶村啓二『「東京物語」と小津安二郎』（平凡社新書）は、「図らずも」『東京物語』が世界で普遍性を獲得してしまった理由を考察していて興味深い。昔ながらの共同体が解体され、中流階級が出現し、ネクタイを締めてオフィスに出かけてゆき、一杯飲《や》って帰って着物に着替える、という、発展途上の国の中産階級が感じる「グローバル化への疲れ」への共感と指摘したところが腑に落ちた。

某月某日
プロテスタント系幼稚園に通っていたので、聖書のお話は謎と畏怖の象徴だった。高校時代に旧約聖書と新約聖書を通読してみたがさっぱり理解できなかった私に『はじめて読む聖書』(新潮新書)はぴったり。ヘブライ語は時制がなく、過去も未来も同時に存在して矛盾なし、というのに触発され、なぜか昔話題になったマイケル・ドロズニン『聖書の暗号』(新潮文庫)を続けて読む。「世界で起きる出来事はすべて聖書の中で予言されている」のにゾクゾク。「二〇一〇年代、シリアが北から攻撃」とか、洒落になんないよ。その後、検証チームが『白鯨』でも同じことができることを証明しているのだが、やはり聖書はホラー&ミステリネタとしては最強だと改めて確認したのだった。

某月某日
東日本大震災後、変わり果てた故郷を見下ろせる高台に、ちょっとした憩いのスペースが設けられているのを発見して始まったリサーチだという。「人々はどんな場所を求めているか」「風景によってどんなサービスが提供できるか」を考察するために、日本中で「心地よい」と感じる景色の写真を集めた、乾久美子＋東京藝術大学 乾久美子研究室『小さな風景からの学び』（ＴＯＴＯ出版）を繰り返し眺めている。「等間隔」「向かい合わせ」「半透明」など、独特のキーワードで集められた写真の場所がとても魅力的。そこここで進む大規模再開発が不気味で不快なのは、土地の持つ記憶を暴力的に拭い去ってしまうからなのだ。

（「新潮45」二〇一五年一月号）

他の人間が代わることはできない

某月某日

なんということもない、さまざまな分野のクリエイターたちが日々どんなふうに仕事していたかを列挙しただけなのに、やたらと面白いメイソン・カリー『天才たちの日課』(フィルムアート社)。やはり同業者には興味が湧くが、中でもジョン・アップダイクの「書かないことはあまりにも楽なので、それに慣れてしまうと、もう二度と書けなくなってしまう」というのに激しく共感(していいのか?)。もっとも、アップダイクの場合、「だから決まった習慣を守るようにしている。一日に少なくとも三時間は、いま取り組んでいる新作のために時間を割く」というわけなのだが。天才の皆さんもそれぞれ苦労しているところに励まされます。中には全く苦労していない人もいるのがむかつくけど。

某月某日

犬の嗅覚が優れているのは知っていたが、訓練すれば、水中の遺体や、数百年前の遺体の痕跡まで捜せるということまでは知らなかった。カット・ワレン『死体捜索犬ソロが見た驚くべき世界』（エクスナレッジ）は、タイトル通り、特殊な作業に従事する犬とそのハンドラーたちの世界を描いてアメイジングな内容。どんな過酷な環境であれ、愛玩動物でいるよりも作業犬のほうが長生きするというのは分かるような気がする。人間であれ、動物であれ、使命や目的がない人生というのはやはりつらいのだ。

某月某日

昭和二十二年、終戦後間もなく、亡くなった戦友の娘を母親の郷里まで連れていくと約束した男が、地図にない奇妙な島で体験する悪夢のような物語。「しばしば海上を移動した」という伝承を持つその隔絶された島には、なぜか「墓」がなく、どうやら「死」の概念もないらしい。久しぶりに、ぞくぞくする伝奇ロマンで評判になった小池ノクト『蜜の島』（講談社）が、このほど四巻で完結。もう一巻くらいかかるかなと思っていたので、あっさり終わってしまったのは残念だったが、島民たちの風習の真相に、至極納得。スピンオフシリーズもありそうなので、そちらにも期待しましょう。

某月某日

俗に、「墓場まで持っていく」などと言う。決して白日の下に晒されることのない、永遠に語られることのなかった秘密が、この世にどれだけあることだろう。大事な人をさまざまな形で亡くした女たちが、「墓場まで持っていこうとした」真相を告白する物語を続けて読んだ。子供の頃、母親が家に侵入してきた男を殺した。近所を荒らしていた連続強盗犯と判明し、母親の正当防衛が認められたが、その男は母親を知っていた。母はいったい誰を殺したのか？　そんな謎から始まるケイト・モートン『秘密上・下』（東京創元社）は、母親が口をつぐんだ理由が第二次大戦の歴史とからみあい、驚愕的かつ感動的。

いっぽう、殺人罪で死刑囚となり、刑の執行を待つヒロインの前に現れ、恩赦を勝ち取ろうとする弁護士は、殺した女性の母親だった、という導入部から始まるエリザベス・L・シルヴァー『ノア・P・シングルトンの告白』（ハヤカワ・ミステリ文庫）。ここでヒロインが語る真相は、なんともやるせなく、救いがなく、あまりにも重い。しかし、私はこのヒロインにどっぷり共感し、その救いのなさにむしろ爽快感すら覚えてしまったのだった。

そして、息子を亡くした母親の告白である、コルム・トビーン『マリアが語り遺したこと』（新潮クレスト・ブックス）は、ずばり、イエス・キリストを磔刑という形で亡くしたマリアが、一人の母親として、息子の死の過程を思い起こし、自分ができなかったこと、できたはずのことを語る物語である。結局、死というのは個人的なものであり、どんなに悔やもうと他の人間が代わることはできない。マリアの告白はその冷徹な事実を淡々とつきつけ、その事実が残された者に与える傷を見せつける。それがキリストであれ、平凡な一人の男であれ、その死の重さは変わらないのだ。

某月某日

かの有名な「虎の子渡し」の異名をはじめ、十五個の石の配置の意味するところを巡って、過去に数々の議論が唱えられてきた京都・龍安寺石庭。これまでに発表された説を分類し、ずらりと並べた細野透『謎深き庭　龍安寺石庭　十五の石をめぐる五十五の推理』（淡交社）を面白く読む。私はかつて明石散人と佐々木幹雄が書いた『宇宙の庭』のカシオペア説がお気に入りだったのだが、あるわあるわ、ほとんどこじつけに近い説までどっさり。結局のところ、著者も述べている、そもそもみんなで議論し、考えるための（禅の）「公案」としての庭だった、というのに賛成である。

某月某日

ＳＦと青春小説の相性の良さは今に始まったことではない。世界を構築しつつあるティーンエイジャーが自分でも持て余し気味である自意識と、侵略ＳＦあるいは破滅ＳＦとの相性も然り。改めてそんなことを考えたのは、佐藤哲也の『ＳＹＮＤＲＯＭＥ　シンドローム』（福音館書店）を読んだせいだ。ある日突然、町外れに飛来した火球。やがて、町は少しずつ陥没してゆく。どうやら地下深くで謎の巨大生物が活動を始めたらしい。不気味なカタストロフィの気配をよそに、主人公の頭の中にあるのは、気になるクラスメイトの女子と友人との微妙な三角関係である。「宇宙戦争なんだ」と思いながらも、肥大化した自意識のほうが心の中の大部分を占めている状況がやけにリアルで身につまされた。

某月某日

週刊文春のスクープには度肝を抜かれましたが、その前後の事情を詳しく描いた神山典士『ペテン師と天才　佐村河内事件の全貌』（文藝春秋）を興味深く読む。辻褄合わせがたいへんなのに、よくこんな綱渡りができたなー。これだけの労力をかけるんなら、自分で作曲したほうが早いんでないかい？　なんとも不思議な事件であるが、アーティスト願望というものの根深さ、奇妙さ、その発露のさまざまな形には、やはり魅了される。

（「新潮45」二〇一五年五月号）

爆笑！『声に出して読みづらいロシア人』

某月某日

私が就職活動をしていた頃は、ソフトウエア会社が大量に新卒を採用していた。全く興味はなかったものの、たまたまどこかのテストを受け、「プログラマーの適性無し」と判定されたことだけは覚えている。あれから四半世紀。ものごころついた時からパソコンがある世代が増えているのだから、さぞ人材の裾野が広がっているのだろうと思いきや、いつの時代も本当に優秀なプログラマーというのは一握りしかいないのだそうだ（意外）。間違いなくその一握りの人材の一人であり、小学校に上がる前からコンピューターのことしか考えていなかったという清水亮がこれまでの半生を語る『プログラミングバカ一代』（晶文社、後藤大喜との共著）がめちゃ面白い。「技術的特異点が近付くとされる今、我々はプログラミングを人類の手に取り戻さなければならない、僕は人類全てをプログラマーにする、それが僕の人類補完計画なのだ」と宣言する著者。こういう面白い人がいると未来も少しは楽しいかも。「マイクロソフトだけが本物のプログラマーを集めた組織だ」と回想していたのが印象的。

某月某日

昨年ＳＦ界で話題になった本だが、アンディ・ウィアー『火星の人』（ハヤカワ文庫ＳＦ）がとても面白かった。火星探査中に予期せぬ事故のため一人火星に取り残された宇宙飛行士のサバイバルを描いた話だが、ＳＦファン以外でも存分に楽しめる。主人公マークが過酷な状況でも懲りずに繰り出すジョークが傑作。映画化が決まっているそうだが、なぜか私の脳内では、マークは『ハート・ロッカー』の主人公を演じたジェレミー・レナーになっていた。

某月某日

若くして急逝したクリエイターの本を続けて読んだ。『殊能将之　読書日記　２０００〜２００９』（講談社）と水玉螢之丞『ＳＦまで１００００光年』（早川書房）。どちらも筋金入りのＳＦオタク。ＳＦファンというものがおのれの「ＳＦ者」定義に自己言及せずにいられないことを改めて実感させられる。優れたクリエイターはやはり優れた鑑賞者である。ああ、二人とも、この世を去るにはあまりにも早すぎる……。

某月某日

『不思議の国のアリス』に登場する、マッド・ハッター。それが、帽子のフェルトを加工する際に使用する水銀中毒による職業病に由来するものだとは知らなかった。医者の目から見ると歴史や文学がこうも違って見えるのかといろいろ目ウロコな、小長谷正明『医学探偵の歴史事件簿』『同ファイル2』（ともに岩波新書）。第三弾も期待しています。

某月某日

ポケミスの復刊希望がずっと一位だったというトマス・フラナガン『アデスタを吹く冷たい風』（ハヤカワ・ミステリ文庫）は、架空の軍事独裁国家を舞台にテナント少佐を探偵役に据えた短編四作と、ノン・シリーズの短編三作を日本で独自に編んだ短編集だが、どれも傑作揃い。細かく好みのジャンルが分かれているミステリファンをすべて満足させられるであろう稀有な短編集である。

某月某日

バレーボールのセッターというポジションには、子供の頃からずーっと興味を持っていた。司令塔とされゲームメイカーとされる非常に重要なポジション。世界最小ながら最強と呼ばれた竹下佳江の『セッター思考』（ＰＨＰ新書）を読むと、セッターは希望してなるものではなく、指導者が適性ありと判断して任命するのがほとんどで、やはり天才と呼ばれた中田久美も最初はアタッカーになりたかったそうだ。そう、必ずしもなりたい人イコール向いてる人じゃない職業というのは、結構世の中にあるものなんですよねえ。

某月某日

いっとき徳川埋蔵金探しというのが定期的にＴＶ番組で放映されていたのを覚えているだろうか。赤城山だかどこかの山中を、あんなに山の形が変わるくらい掘り返して大丈夫なんだろうかといつもそちらを心配していたのを覚えている。さて、こちらは本当に未だ十万点以上が行方不明というヒトラーが集めた美術品の行方を追う篠田航一『ナチスの財宝』（講談社現代新書）は、いっぷう変わったドイツ戦後史として読めて興味深い。ヒトラーにもう少し絵の才能があったら、歴史は変わっていただろうにと考えずにはいられない。いっぽう、終戦の迫る一九四四年のベルリンで起きた連続猟奇殺人事件をユダヤ人元刑事が捜査させられるという、ハラルト・ギルバース『ゲルマニア』（集英社文庫）が緊迫感溢れる筆致で面白い。ついに、ドイツ戦後世代があの時代を純然たる推理小説として描ける時代が来たのだ。

某月某日

登場人物の名前の複雑さのため、ロシア文学にあえなく挫折した人は、潜在的にかなりの数に上ると思われる。ロシア人の名前。その実態に素朴に迫った松樟太郎『声に出して読みづらいロシア人』（ミシマ社）。そもそも、ロシア人の名前が長いのは、苗字と名前のあいだに父称（誰々の息子であるところの〜）が入るせいである。「フ」「ラ」「ウ」等、見間違えがちなカタカナが頻出するのも紛らわしい。著者の持つレコード、ベートーヴェンの三重奏の演奏者をフルネームで言うと、スヴャトスラフ・テオフィーロヴィチ・リヒテル（ピアノ）、ムスティスラフ・レオポリドヴィチ・ロストロポーヴィチ（チェロ）、ダヴィド・フョードロヴィチ・オイストラフ（ヴァイオリン）で、互いに名前を呼び合うだけで演奏時間の半分が潰れるのではないかという危惧に爆笑。うーむ、たった三人でも覚えられないのに、大河ロマンの歴代の登場人物すべてを把握するのは絶対に無理。ロシア文学の校正はたいへんだなあ、と思いつつ、ふと最近行ったバレエのプログラムを開いたところ、ボリショイ・バレエのダンサーの名前が。さすがに父称は略されていたが、ウラディスラフ・ラントラートフ。ほとんど間違い探しの世界である。校正の方、すみませんがよろしく頼みます。

（「新潮45」二〇一五年九月号）

私も頑張ろうという気になれました

某月某日

日々慌しく過ごしていると、自分の好みからいって発売時にすぐ読んでいたはずだし、読むべきだとチェックしていたのに、なぜかなんとなく読み逃してしまっている本というのが溜まってくる。ここひと月ほどは「本の棚おろし」月間として、そんな本や近過去の事件についての本を読んでいた。

某月某日

欧米には、「そんな人は最初からいませんでした。あなたはずっと一人でしたよ」サスペンスというのがあって、だいたい旅先で出会った連れや子供がいなくなり、目撃していたはずの人たちからそう言われて捜し回る、というパターン。そのジャンルの名作と言われていて名のみ知っていた、一九六五年のオットー・プレミンジャー監督の映画『バニー・レークは行方不明』。このほど、ＴＳＵＴＡＹＡのレンタルＤＶＤになったので、やっと観ることができ、一九五七年刊行のイヴリン・パイパーの原作（ハヤカワ・ポケット・ミステリ）と読み比べ。全く結末が異なるのだが、どちらもよくできていて、しかもどちらもすごくイヤーなムードを堪能。言語が違う大陸を移動してきた移民たちで構成されている欧米では、移動中に命を落としたり、苦界に呑みこまれて消えてしまうということがよくあったのだろう。「そんな人はいませんでした」と存在を否定される恐怖が常に共通認識として彼らの底にあるような気がする。同じく一緒に飛行機に乗り込んだはずの子供が消えた、ジョディ・フォスター主演の映画『フライトプラン』のオープニングとラストシーンは、プレミンジャーの映画をオマージュしていたことが分かった。

某月某日

一九八五年。アフリカの飢餓を救うためミュージシャンたちが共同で録音し、全世界で大ヒットしたあの曲がアメリカン・ポップスの黄金期そのものを終わらせたという自説を展開する西寺郷太『ウィ・アー・ザ・ワールドの呪い』（ＮＨＫ出版新書）。参加ミュージシャンが大物揃いで、当時の録音の日程調整がたいへんだったのは見当がつくが、呼ばれる呼ばれない、参加するしないなど、裏事情が生々しくうっすらと怖い。録音に参加したのに集合写真に写っていない歌手を探すところはなんとなくゾッとした。

某月某日

ジェフリー・ディーヴァーの『静寂の叫び』(早川書房)。一九九五年の刊行。リンカーン・ライムシリーズなどの現在に至る芸風を確立した出世作として読むと、手の内やプロットの展開が読めるのが面白い。

また、こんにち隆盛を極めるサイコパス&シリアル・キラーモノの元祖となったトマス・ハリス『羊たちの沈黙』の続編である『ハンニバル上・下』(新潮文庫)の刊行は一九九九年。最近、いちばん感心したTVドラマが『ハンニバルⅡ』(シーズンⅠよりいいと思う)。ハンニバル・レクターを演じたマッツ・ミケルセンはじめ役者がみな素晴らしい上に、まさに心理戦としかいいようのない静かで造りこまれた脚本や、色調を抑えた映像が恐ろしいまでに美しい。原作に感じていたのとは違う美学を感じたので、原作とどれくらい違うのかと読んでみたら(これも刊行時に読み逃していた)、かなり異なるものの、やはり原作も素晴らしい。特にフィレンツェのパートが最高。

某月某日

二〇〇五年八月、アメリカ南部に甚大な被害をもたらしたハリケーン、カトリーナ。電源喪失した巨大病院で、四十五名もの患者が亡くなった。実は、そのうちの何人かは医師たちが安楽死させていたとして大スキャンダルになったが、その事件の全貌を関係者から粘り強く聞き取り調査をして描いたシェリ・フィンク『メモリアル病院の5日間』（KADOKAWA）。こういうタフな調査報道の本を読むたび、かの国には博士号を持つような自然科学に強いライターがゴロゴロしていることに感心させられる。

某月某日

冥王星の惑星から準惑星への「降格」騒ぎが決着した二〇〇六年。その経緯についていわば内と外から描いたマイク・ブラウン『冥王星を殺したのは私です』（飛鳥新社）及びニール・ドグラース・タイソン『かくして冥王星は降格された』（早川書房）が面白かった。「降格」のそもそものきっかけを作る発見をした天文学者が書いた前者は、まるで青春小説のよう。「一番乗り」を目指すシビアな天文学者の日常が興味深い。後者はこの騒動を時間を追ってまとめたドキュメント。冥王星を発見したのがアメリカ人だったからか、アメリカではここまでの大騒ぎになっていたとは知らなかった。「水金地火木土天海冥」

の英語での覚え方がいろいろあっておかしい。

某月某日

なんだか今回、アメリカの本ばっかりになってしまったが、大江千里の『9番目の音を探して47歳からのニューヨークジャズ留学』(KADOKAWA)が感動的だった。この年齢で、これまでのキャリアを捨てて、一からジャズ・ミュージシャンを目指した二〇〇八年から現在までの記録。ちょっと考えただけでも、あまりに恐ろしくて足がすくむ。けれど、著者は苦しみ、あがきつつもそれをやり遂げた。モノを作るのは本当に厳しくつらいけど、私も頑張ろうという気になれました。

某月某日

最後に、近過去ならぬ「遠過去」とでもいうべき過去にまつわる本を。フランク・ヴェスターマン『アララト山　方舟伝説と僕』(現代書館)は、大洪水ののち、難を逃れた方舟が漂着したというアララト山に登ろうと奮戦するオランダ人ジャーナリストの本。私と同い年の著者の、宗教観を巡る本でもある。ひと口にキリスト教信者といっても、あまりにも複雑で、日本人の私には実感できない。アララト山はトルコの端にあり、目と鼻の先にはアルメニア・イランの国境がある。地政学的に非常に微妙な場所に位置しているため、こんなに登るのが難しいとは知りませんでした。

（「新潮45」二〇一六年一月号）

人の書いたものを読むことの奇跡

某月某日
山岸凉子『レベレーション』①（講談社）が凄い。タイトルは「啓示」の意味らしいが、今この時代に、この著者がジャンヌ・ダルクをテーマに選ぶということ自体が恐ろしいのだ。ジャンヌが火あぶりになる直前の場面から始まり、十三歳で神の声を聞くところを回想していくのだが、この場面が妙にリアル。宗教的不寛容のはびこるこの世に、この先どういう展開になるのか、怯えつつも期待。

某月某日
ふと通りかかったギャラリーで展示していた写真にぶっとんで購入した西村裕介の写真集『The Folk』（リトルモア）が素晴らしい。日本各地のいわゆる民俗芸能の扮装をした人々の姿を撮ったものだが、すべて真っ黒の背景に写し出された仮面や衣装の造形、色彩、オーラ、どれもが衝撃的。その土地に暮らす人間の精神世界がそのままむきだしの形になっているかのようで、原始的な恐怖すら覚えた。目に見えないものを目に見える形にするのって、本当に凄いことだ。

某月某日

子供の頃、ＴＶっ子でもアニメっ子でもなかった私は『フランダースの犬』を一度も観たことがない。イギリス人作家が書いたベルギーを舞台とした短編小説が、映像化作品によってアメリカや日本でどう受容されていったかを調べたアン・ヴァン・ディーンデレン＆ディディエ・ヴォルカールト（↑この人は日本のアニメとオタク文化研究で博士号を取っているらしい）『誰がネロとパトラッシュを殺すのか』（岩波書店）。アメリカの映画五作、日本のアニメ（五十二回もある）と映画一作を隈なく解説。アメリカではすべてハッピーエンドになっているのは有名だが、ここまでしつこくアメリカンドリーム達成話になっていることに強迫観念すら感じた。日本のアニメ五十二話のあらすじをすべて紹介してくれているのがありがたく、ベルギー人の視点で随所に突っ込みを入れているのがおかしい。いろんな人が聞かせてくれたので大体知ってはいたが、あまりにも可哀想であらすじだけで泣いてしまった。ひどい！　犬も死ぬし！　ていうか、『フランダースの犬』自体、犬を連れて野垂れ死にという著者ウィーダの運命を暗示していたようで、諸行無常を感じた。

某月某日

中学生の頃、自分でアルバムを買うようになってから、アレンジャーという仕事にとても憧れていた。スター作詞家、スター作曲家が脚光を浴びていた時代、曲の最終的なパッケージを一手に担っているのに一切表に出ないところにミステリアスな職人魂を感じていたのかもしれない。それぞれの曲の「編曲」のクレジットを眺めては、この人はどんな人なのだろうと妄想していたことを覚えている。名前のみ刷り込まれていた萩田光雄、若草恵、井上鑑、武部聡志を含め、錚々たる顔ぶれにインタビューした『ニッポンの編曲家』(DU BOOKS）がとても面白かった。ストリングス、ブラス、コーラス等、一緒に活躍したスタジオミュージシャンのインタビューも載っているのが嬉しい。歌謡曲全盛期、ふんだんにお金を掛けられた時代のレコーディングの話が他人事ながら羨ましい。ものすごい過密スケジュールの中、当然のことながら、ミュージシャンは皆初見で一発録り。ストリングスの加藤高志が「もちろん難しいところは録音前にちょっと練習しますよ。5〜6分くらいは」というからプロは凄まじい。一人ですべて録音できてしまう今の編曲家を、誰もが口を揃えて「気の毒だ。一人だと、自分以上のものは決してできないから」と言うのが印象的だった。

某月某日

一九六五年から十年に亘って刊行され、世界中で読まれたスウェーデンの警察小説、マイ・シューヴァル&ペール・ヴァールーの「刑事マルティン・ベック」シリーズ。本国での再刊を機に、日本でも新訳で順次刊行中である（角川文庫）。実は有名なこのシリーズを読むのは初めてで、『ロセアンナ』『煙に消えた男』を続けて読む。もちろん時代背景や風俗は六〇年代のものなのだが、小説として全く古びておらず、力強くリアルだ。いつも考えるのだが、こういうエンターテインメント小説の「古びる」「古びない」の差はどこから来るのだろう。結局は、人間どうしあるいは人と組織の関わりという、根源的でコアな部分をきちんと描けているかどうかだという気がする。特に警察小説の場合、私は「徒労」をちゃんと描いていることがキモだと思うのだが、このシリーズはその点でも今なお生々しいくらいに見事である。

某月某日

古物市で見つけた古い絵葉書に書かれていた詩の一節に惹かれたのが発端で、その作者にまつわる事柄を調べ始めるという堀江敏幸の『その姿の消し方』（新潮社）は非常に私好みの小説で、読んでいるあいだじゅう実に心地よくて、舐めるように楽しんだ。この著者らしく、エッセイなのか小説なのか分からない微妙なスタンスもこの題材にマッチしている。主人公は、決してこの謎の作者のすべてを解明したいわけではない。人が頼まれもしないのに創作したものを書き残すという事象の不思議を理解したいのだ。読者である私も、改めて、人がものを書くこと、人の書いたものを読むことの奇跡について考えてしまった。

某月某日

演劇人がシェイクスピアの台詞について書いた本はたくさんあるけれど、仙台弁でシェイクスピアを演じる劇団を主宰しつつ、本業は言語文化学者で、イギリス本国のグローブ座で研修までしている下館和巳の『東北のジュリエット』（河北新報出版センター）を読んで、シェイクスピアの台詞の凄さをリアルに垣間見たような気がした。「独白とは何か」と向こうの演劇人に尋ねたら、「かつてのお客は立ち見客が多く、ハムレットが移動するとぞろぞろついてきたはず。独白は、そういうお客と気持ちを『共有』するためのものであり、同時に観客を自分の分身と考え、自分と対話するためのもの」という答えが興味深い。

（「新潮45」二〇一六年五月号）

物語のルーツや伝播の不思議

某月某日

前回のアメリカ大統領選挙で、すべての州の勝利政党を当てたことで評判になったデータアナリスト、ネイト・シルバーの『シグナル&ノイズ』（日経BP社）を大部ながら、具体的なエピソード満載でとても面白く読んだ。データをどのように読むか、どの項目を選び、どの数字に注目するかで全く意味が異なってくる。統計学には正直いってずっと胡散臭いものを感じてきたが、的確な項目を選ぶことで思ってもみなかった社会の姿が浮かび上がってくるのは非常にスリリング。今年の大統領選はいったいどうなることやら。

某月某日

竹本健治『涙香迷宮』（講談社）が凄い。暗号ミステリなのだが、そのジャンルのみならず、日本語の可能性まで改めて感じさせてくれる、ものすごいことをやっている。ぜひぜひ手に取ってこの驚きを実感してほしい。

某月某日

いっぽう、冷戦も終わり以前のルールが全く役に立たなくなった世界における、スパイ小説の可能性を見せてくれたオレン・スタインハウアー『裏切りの晩餐』（岩波書店）。かつて愛し合っていた男女のスパイが数時間のディナーを共にする席で、現在と過去を行き来しつつ、とあるテロ事件の真相が明かされる。ほろ苦い恋愛小説にもなっているところが渋い。

某月某日

ヨーロッパのムスリム化というその予言的な内容が評判になったミシェル・ウエルベック『服従』（河出書房新社）にも震撼させられたが、それよりずっと前の二〇〇五年に刊行されたブノワ・デュトゥールトゥル『幼女と煙草』（早川書房）を何気なく読み始めてびっくり。いったいこれ、何年に書かれたものなのかと何度も確認してしまった。喫煙者が弾劾され、大人が子供に極端におもねる社会で、ヘビースモーカーで子供嫌いの男がトイレでこっそり一服しようとしていてドアに鍵を掛け忘れたため、幼女にそのさまを目撃されて罵《ののし》ったことが、巡り巡ってとんでもない結果を招くという話。架空の国、という設定らしいが、これってまんま今の社会で、この突飛で恐ろしい結末が、決して突飛に思えないから恐ろしい。フランスって、時々こういう作家や学者が現れる。

某月某日

ほんの数日違いで生まれた二人の男。かたや、世界的な喜劇俳優、かたや国家元首。海を隔てて映画『独裁者』を制作しようとするチャップリンと、それを阻止せんとするヒトラーの戦い（まさに戦争）を描いた大野裕之『チャップリンとヒトラー』（岩波書店）。ドイツはともかく、英米がこんなに『独裁者』の制作を邪魔していたとは。四面楚歌の凄まじい妨害を乗り越え、『独裁者』はついに完成。結果はチャップリンの圧勝であったことが、こんにちまでヒトラーのイメージがこの映画のものに置き換えられていることで明白である。ヒトラーが『独裁者』を観ていたかどうかは不明らしいが、少なくとも映画公開後、ヒトラーが公の場で演説をした記録はないという。もし、映画を観ていたら、もはや人前では絶対に演説できないだろう。

某月某日

ものごとをつきつめて考えられるというのはある種の才能だと思う。にしても、君たち考えすぎ、というくらい考えまくる二人が語り合う南直哉と為末大の『禅とハードル』（サンガ）が面白い。「座禅とゾーンは同じ状態にあるのではないかという仮説を検証する」というのが目的のひとつらしいが、内容はほぼ哲学的なもので、言語化能力の高い二人が現代人の悩みに示唆を与えてくれる。時代によって為政者の都合でコロコロ変わる道徳なんかやめて、小中学校の授業には哲学を入れるべきだ、というのが私の持論。人間はこんなふうに考えてきた、世界にはこういう考え方もある、ということを教えるほうがよっぽど役に立つと思うのだが。

某月某日

後進の指導には、どの業界でも頭を悩ませている。『うしおととら』などで知られる少年漫画家、藤田和日郎は、彼のところに入ったアシスタントが次々と巣立ってプロになっていく確率の高さでも知られていて、その過程を架空の新人アシスタントに指導していくという形で創作術を公開した『読者ハ読ムナ（笑）』（構成・飯田一史・小学館）に胸が熱くなった。非常に実践的で、「その漫画に必要な絵から逃げるな」「外に答えを探すな、内を見つめろ」など、小説を書く私にも痛い言葉が満載。モノを作る人に勧めたい。

某月某日

かたやミニマムな人生が話題の稲垣えみ子『魂の退社』(東洋経済新報社)。最初はすげータイトルだなあと引いたけれど、読み終えて納得、いいタイトルです。

某月某日

子供の頃から愛読し続け、もう何回読んだか分からない本に、バーボー&ホーンヤンスキー『トンボソのおひめさま』(岩波書店)という本がある。カナダの移民に伝わる昔話を集めた話だということは解説で知っていたが、スルタンが出てくるなどムスリムの香りのする話もあり、いったいどこからの移民の話なんだろうとずっと不思議に思っていた。それがなんと、齢五十一にしてそのルーツの一端が判明したのである。例によって積読の一冊だった『ブルターニュ幻想民話集』(アナトール・ル・ブラーズ編・国書刊行会)を実話怪談について対談する時にその一環で読み始めた。フランス版『遠野物語』と呼ばれるらしいが(いったい誰が呼んでるんだ?)、実に恐ろしく面白い。その中に、『トンボソのおひめさま』の中の「フケアタマ」「金ぱつの騎士」の原型があったのだ。ブルターニ

6桁の数字はISBNコードです。頭に978-4-480をつけてご利用下さい。

11月の新刊 ●12日発売 ちくま文庫

恐怖と奇想

川勝徳重 編

●現代マンガ選集

戦後マンガ史の〈裏街道〉

街頭紙芝居！ 絵物語！ 変な動物！……1960年代の隠れた名作から現在の作家の作品までを収録。新進気鋭の漫画家が選ぶ、稀有な傑作アンソロジー。

43677-1
800円

「本をつくる」という仕事

稲泉連

本がもっと好きになる

ミスをなくすための校閲。本の声である書体の制作。もちろん紙も必要だ。本を支えるプロに仕事の話を聞きにいく情熱のノンフィクション。（武田砂鉄）

43699-3
740円

ひきこもりグルメ紀行

カレー沢薫

家から一歩も出ずにご当地グルメを味わいつくす！100万円をかけたインプラントを粉砕させながら、あらゆる名物に立ち向かってゆく怒濤の食コラム。

43702-0
780円

現実脱出論 増補版

坂口恭平

「現実」それにはバイアスがかかっている。目の前の「現実」が変わって見える本。文庫化に際し一章分「現実創造論」を書き下ろした。（安藤礼二）

43700-6
740円

ブルースだってただの唄

藤本和子

●黒人女性の仕事と生活

アメリカで黒人女性はどのように差別と闘い、生きてきたか。名翻訳者が女性達のもとへ出かけ、耳をすまして聞く。新たに一篇を増補。（斎藤真理子）

43703-7
900円

6桁の数字はISBNコードです。頭に978-4-480をつけてご利用下さい。
内容紹介の末尾のカッコ内は解説者です。

11月の新刊 ●7日発売

ちくま新書

1527
新宗教を問う ▼近代日本人と救いの信仰
島薗進（上智大学神学部特任教授）

創価学会、霊友会、大本、立正佼成会――。なぜ日本では新宗教がかくも大きな存在になったのか。現代の救済のかたちを問う、第一人者による精神文化研究の集大成。

07351-8
940円

1528
レイシズムとは何か
梁英聖（反レイシズム情報センター（ARIC）代表）

「日本に人種差別はあるのか」。実は、この疑問自体が差別を生み出しているのだ。「人種」を表面化させず、差別を扇動し、社会を腐敗させるその構造に迫る。

07353-2
940円

1529
村の日本近代史
荒木田岳（福島大学准教授）

日本の村の近代化の起源は、秀吉による村の再編にあった。戦国末期から、江戸時代、明治時代までの村の近代化の過程を、従来の歴史学とは全く異なる視点で描く。

07355-6
900円

1530
メディア論の名著30
佐藤卓己（京都大学大学院教授）

広く知られる古典から「読まれざる名著」まで、メディア研究の第一人者ならではの視点で解説。ウェブ時代にあってメディア論を深く知りたい人にとり最適の書！

07352-5
1000円

1531
言霊と日本語
今野真二（清泉女子大学教授）

非科学的と考えられがちな江戸の国学者の言霊研究だが、現代言語学に通底する発見もあった。ことばの渉猟者の足跡をたどり詩的言語としての日本語表現に迫る。

07350-1
840円

1532
医者は患者の何をみているか ▼プロ診断医の思考
國松淳和（内科医）

プロ診断医は全体をみながら細部をみ、2次元から4次元へと自在に思考を巡らせている。病態把握のために「みえないものをみる」、究極の診断とは？

07354-9
800円

1533
新作らくごの舞台裏
小佐田定雄（落語作家）

260席を超える新作を作り、消えてしまった古い噺をあまた改作・復活させてきた落語作家が、自作にまつわるエピソードとともに稀有な職業の秘密をあかす。

07338-9
920円

6桁の数字はISBNコードです。頭に978-4-480をつけてご利用下さい。

ュはフランスの外れで、ケルト民族が住み、言語や宗教の違いから長く迫害されてきた(戦争が起きると真っ先に徴兵されたという)ことも、移民の一因となったのだろう。お話のルーツ、そして伝播というのは不思議なものだし、物語というものが歴史や世界観を伝える上で、人間には必要不可欠なものなのだと改めて思う。

(「新潮45」二〇一六年九月号)

追記:今はなき『新潮45』二〇一二年一月号~二〇一六年九月号に、四ヶ月に一度、他の三人の書き手と交代で連載したもの。四ヶ月に一度という頻度は絶妙というか微妙というか、読み終えた本を保管しておくのと内容を覚えているのとが限界ギリギリで、いつも読み終わった本の山を引っくり返すのが大変で、一回の原稿の分量の割にえらい手間がかかった。

Ⅲ. ブラッドベリは死なない

「すこしふしぎ」な、物語の中へ。

ＳＦ、と聞くと頭に浮かぶのは『スター・ウォーズ』でしょうか？　実は、それだけではありません。本来なら有り得ないような状況の中に私たちを放り込むことで、私たちはいったい何者なのか、なんのために生きるのか、を考える「すこしふしぎ」な物語のことなのです。「自分」べったりの日常から離れ、しばしこんな世界はいかがでしょうか？

◆映画『ヒドゥン』ジャック・ショルダー監督

地球に逃げてきた宇宙人の犯罪者を宇宙人の警官が追ってくる――というベタな話なんですが、犯罪者は次々と地球人の身体を乗っ取って移動していくため、見た目は人間にしか見えないという設定。Ｂ級ＳＦサスペンスながら、根強いファンを持つ作品です。『ツイン・ピークス』でお馴染み、人間に化けている宇宙人刑事カイル・マクラクランの、人間の刑事とのとんちんかんな会話がおかしく、この役がとにかくぴったり。意外なラストと、ラストシーンも実に渋い。続編として作られた『ヒドゥン２』もあるが、こちらは典型的なダメダメ続編なので注意。

◆映画『ガタカ』アンドリュー・ニコル監督

遺伝子差別が当たり前になった未来、「適格な遺伝子」を持っていないとなれない職業である宇宙飛行士に、「非適格者」の青年がなろうとして必死にあがく物語。今、既に現実のものになろうとしている世界です。「非適格者」を執拗に排除しようとする社会の不気味さを、声高にではなく静かに、しかもとても美しい映像で描いていて、主演のイーサン・ホーク、ジュード・ロウ、ユマ・サーマンの三人も素晴らしい。ラストにじわじわと感動が込み上げてきます。ソーラーパネルに朝日が射す名シーンがあるんですが、実際にある太陽光発電所で撮影したそう。

◆映画『クラウド アトラス』ラナ＆アンディ・ウォシャウスキー監督

大航海時代の過去から、遠い未来まで、六つのエピソードを描いています。が、オムニバス形式ではなく、本当に、すべてのエピソードをバラバラにして、超絶技巧の編集でモザイクのように並べています。ＳＦのみならず、アクション、サスペンス、歴史もの、恋愛ものとあらゆるエンターテインメントの要素が詰め込まれていて、一緒に物語を駆け抜ける快感が味わえます。それぞれのエピソードに同じ俳優が七変化（？）のように出てくるので、エンドロールを見て、「あれがこの人だったの？」とびっくりすること請け合い。ベン・ウィショーのＢＬパートもいいぞ。

◆小説『火星の人』（新版）アンディ・ウィアー著

火星探査中に、事故でたったひとり火星に取り残されてしまった宇宙飛行士が、生き残るべく奮戦する話。『ゼロ・グラビティ』みたいな話ですが、こちらは長期間のサバイバル。主人公が生物学者という設定なので、ジャガイモを栽培したり、水を作ったり、あるものすべてを使ったアイデアが興味深いです。がぜんスリルが加速するのは、彼の生存を知った地球チームと火星探査チームが、互いにうんと離れたところで彼の救出作戦に挑むところから。最先端の科学知識が詰め込まれ、わくわくする面白さ。どんな絶望的な状況でもユーモアを失わない主人公に励まされます。

◆小説『航路』コニー・ウィリス著

臨死体験と脳科学をテーマにした小説、というと硬い印象を受けるかもしれませんが、ドタバタ・コメディの要素もあり、謎が謎を呼ぶミステリーでもあり、とにかく読者の予想を激しく裏切り続けるあぜんとする展開に、大長編ですが、読み始めたらやめられません。この結末を予想できる人は絶対にいないと言い切れます。大病院を舞台に、生死の境界という厳しい状況を扱いながらも、登場人物たちと一緒に泣き笑いできて、大きな感動を味わえます。コニー・ウィリスはアメリカＳＦ界の大スター。これが気に入ったら他の作品もぜひ。

◆小説『ｋｎｏｗ』野﨑まど著

少し先の未来、今の情報化社会が更に進むと、人間はいったいどうなるかというお話。もはやモバイルを使うのではなく、脳そのものに「電子葉」を埋め込むことが義務化されているという、もしかすると、本当にこうなるのではないかというリアリティを感じます。タイトルがズバリ内容を表していて、要は「進化した彼女はすべてを知っていた」という物語。京都を舞台にした爽やかなラブストーリーになっているところもミソ。有り得ない状況というＳＦ的な設定は恋人たちのハードルにもなるので、ＳＦとラブストーリーは意外に相性がいいのですね。

（「フィガロジャポン」二〇一六年二月号）

追記：女性誌のカルチャー・エンターテインメントガイド特集に書いたもの。私へのお題が『ＳＦ』だった。

史上初、本物の「ジャンルミックス」映画

映画『クラウド アトラス』

最近のアメリカ映画のエンドロールは、とにかく長い。製作にかかわった全スタッフのクレジットを入れなければならないためらしいが、年々長くなる一方である。

しかし、『クラウド アトラス』のエンドロールは必見である。この映画では、トム・ハンクスをはじめとして、名だたる俳優たちが、のべ数十人の大量の登場人物を演じているからだ。エンドロールを見てから初めて「えっ、この役もこの人がやってたの?」と驚かされることうけあい。文字通り、本当に人種も時代も性別も超えている。「メイクと演技もここまできたか」と感嘆し、改めてもう一度最初から映画を観返したくなってしまう。

ジャンルミックス、という言葉が叫ばれてから久しい。主流もサブカルチャーもなくなり、あらゆるものが混ざり合って溶け、もはや明確なラベルを貼ることができなくなってしまった――。そう思ってきたし、そう言われてきた。だが、本当だろうか? この頃、

何だかそれは嘘なんじゃないかという気がしてきた。むしろ、あまりにジャンルが細かく分かれ過ぎ、みんなの嗜好が狭いところにしか反応しなくなってしまったので、ジャンルがミックスされているのかどうか「分からない」、あるいは「気づいていない」だけなのではあるまいか。

現に、このところヒットする映画や本を見ていても、かなりベタな「ジャンルもの」としか言いようのないものが多い。つまり、ひと言で説明できるものだ。「泣けるもの」「怖いもの」「スカッとするもの」である。当然、みんなが求めるものを作ることになるから、結果として「ジャンルもの」が溢れることになる。かくて、本当の「ジャンルミックス」から世界は遠ざかってしまった、という無力感を覚えることもしばしばである。

『クラウド アトラス』をひと言で説明するのはとても難しい。いったい何の映画なのか、と聞かれても答えられない。実際、私も人に勧める時に「素晴らしい」「凄い」「とにかく観て」としか言いようがなかった。映画的にも映像的にもとにかく凄いのだ、と言うのが精一杯。六つの時代の物語が並行して語られる入り組んだ話、とは言えるし、ペ・ドゥナがメキシコ移民の役もやってて、ヒューゴ・ウィービングの看護師がおかしくて、ジム・スタージェスが東洋人もやって、などと細部は語れるけれど、『クラウド アトラス』という映画そのものの凄さは説明できない。

それがなぜかと考えた。そして、ハタと気がついたその答えは、あまりにも簡単だった。実はこの映画、本当に、史上初の「ジャンルミックス」映画なのである。

『クラウド アトラス』にはフィクションとして考えうるあらゆるものが詰まっている。歴史もの、社会派ドラマ、禁断の恋、ＳＦアクション、ディストピア、神話ファンタジー。コメディに家族ドラマ、芸術家とは何かというテーマまで。そういう、さまざまなテーマが詰め込まれたこの複雑な話をどうやって見せるのかと思っていたら、なんと本当に六つのドラマをバラバラにして並べ直し、モザイク状にタペストリーにするというのにまず度肝を抜かれたが、何より素晴らしいのが、それが物語の疾走感を失わせることなく、最後まで駆け抜けるパワーになっているところだ。どの順番でどのように組み立てるか、さぞかし試行錯誤し考え抜いただろう。しかも、それらを超絶技巧の絶妙な編集で繋いであるのに、そのことに観ている時は気づかない。観客は六つの時代、六つの物語を映画と一緒に駆け抜ける。もちろん、あのウォシャウスキー姉弟、『マトリックス』（99、03）の画期的な映像とアクションで世界を熱狂させた映像マジックは今回も健在だ。ものすごいテクニックを駆使していることも明白なのだが、それにも増して、それらの超絶技巧が、ただひたすらラストシーンに向かってひた走る映像的体験の幸福、映画のストーリーに身を委ねる幸福のために奉仕し、映画とひとつになっているところが素晴らしいのだ。

残念だが、このくらいではまだまだ『クラウド アトラス』という映画を説明することはできない。ともあれ、天才ウォシャウスキー姉弟らが成し遂げた、史上初のジャンルミックス映画であり、映像的・映画的にも幸福な体験を約束してくれるこの映画を観て欲しい。そして、「説明できないからとにかく観て」と誰かに勧める時の「説明できない」幸せを味わって欲しいのである。

（映画『クラウド アトラス』パンフレット 二〇一三年三月）

追記：最初はウォシャウスキー兄弟だったのにこの時は姉弟、そして今やウォシャウスキー姉妹になってしまった。この映画、大傑作だと思うのだが全くヒットしなかった。超絶技巧の編集、アカデミー賞ものだと思ったが、こちらも賞レースに全くひっかからず。

騙す楽しさ騙される楽しさ——騙すなら上手に

舞台『スルース』

ミステリーと伴侶の浮気に対する要望は似ている。「やるなら分からないようにうまくやって」ということである。

そもそも、浮気など知らないにこしたことはない。誰しもパートナーへの信頼を胸に抱いて心安らかに暮らしていきたいのだ。だがしかし、えてして敵は脇が甘い。どういうわけか、彼らはかつて伴侶に対しても、歓心を買うため自分が同じ行動を取ったことをすっかり失念しているのである。確かに人は慣れる。人は飽きる。だからといって、あまりに分かりやすい変化や見え見えの隠蔽工作はいかがなものか。その中途半端な隠密行動、小手先の工作がまさかバレていないだろうと思う浅はかな心根が透けてみえるところに、人は激しい怒りを覚えるのである。

ミステリーにも同じことが言える。ミステリーを読むからには、観るからには、うんと愉しみたい、アッと驚きたいと、客はいつも切望している。

だがしかし、人は慣れる。人は飽きる。このジャンルのものを何冊も読み、何度も騙されてくると徐々に疑い深くなり、こうなるのではないか、こうくるのではないか、まさかこんな結末なのではあるまいな、と用心深くなってくるのである。結果、途中で全体の構造が分かってしまったり、まさかこれじゃないだろうという結末が待っていたりした時、客は激しい怒りを覚えるのである。

さて、『スルース』である。

私がこの芝居を観たのは二〇〇四年の夏。名前は知っていたが、観るのは初めてだった。初演が一九七〇年と聞いていたので、すれたミステリー読者であり自分でもプロとしてミステリーを書いていた私は、三十年前の作品かあ、古色蒼然とした話だったらどうしよう、と見る前に不安を感じたことを覚えている。

ところが、嬉しいことに、それは杞憂だった。見事に騙され、アッと言わされた。全く古びていない内容に感心した。完璧に騙された浮気は発覚することはないが、ミステリーに完璧に騙されたことが分かると、痛快な感動がある。まさに「うまく騙され」る醍醐味をしっかり味わったのだ。三十年以上も世界中の観客を騙し続けているとは！　それがいかに偉大なことか、とてもじゃないが言い表す言葉が見つからない。

劇団四季で再演すると聞いて、今回もまた多くの観客をアッと言わせるであろうと、私が作ったわけでもないのにほくそ笑んでしまうのだった。

ところで、私はこのタイトルがずっと心に引っかかっていた。ミステリー・ファンとしては、通常「探偵」というと「DETECTIVE」という単語のほうを思い浮かべる。この耳慣れない単語はなんなんだろう、と思っていたのだ。

そこで、「スルース」を辞書で引いてみたら、こうあった。

sleuth noun
(old-fashioned or humorous)
a person who investigates crimes

なんと、同じ「探偵」でも、わざわざ「時代遅れの」「滑稽な」呼び名だと断ってある言葉なのである。つまり、作者は最初から「これは古臭い、もはや流行らない探偵ものなんですよ」、とあえて謳っているわけなのだ。なんという企みだろう。これこそ、作者アンソニー・シェーファーが仕掛けた、客を油断させるトリックのひとつであり、タイトルから既に彼の「騙し」は始まっているのである。

（劇団四季公演『スルース』パンフレット　二〇一一年一月）

心理学的にありえない

アダム・ファウアー『心理学的にありえない』

なんと臆面もない小説だろう。この作品を一気読みした感想である。デビュー作でもある前作、『数学的にありえない』の新人離れした達者な書きっぷりから、この人は爽やかなマイケル・クライトンを目指すのかしらん、と勝手に想像していたら、どうやらそうではないらしいのだ。

ある特殊な能力を持った若い男女が登場する。異常なまでの、他人への共感能力。それは男にとっては神経症を患うほどの苦痛であり、女にとっては他人を熱狂させ惹きつける才能である。肌身離さず身に着けている十字架。実は、二人は子供の頃、ある特殊な「学校」にいたらしい――と、読み始めてすぐに、これがスティーヴン・キングの『ファイアスターター』を本歌取りしていることが分かる。他方で、何か不穏なことを企むカルト宗教指導者も登場し、こちらはやはりキングの『デッド・ゾーン』を念頭に置いているということも。しかも、ファウアーはそのことを全く隠さない。むしろ、僕はあの作品とあの作品に惚れこんでいるんですということを誇らしげに叫んでいるようにすら思えるのだ。

出てくるモチーフはどれも目新しいものではなく、エンターテインメント読者ならお馴染みのものである。しかし、その扱いと演出がとてもバランスよく、テンポもよく、なんとも「身の丈目線」なのだ。むしろ、デビュー作よりもこちらのほうが初々しく感じられたほど、本作品でファウアーはエンターテインメントへの愛を「臆面もなく」宣言したのである。

長年の闘病経験からか、ファウアーは弱者への視線がとても温かい。本作品でもそれは端々に窺える。私は主人公二人よりも、いとこのハッカー、スティーヴィーとスパイガールが好き。うーん、これから先、ファウアーはどんなものを書くつもりなのだろう。本作品でますます分からなくなったのと同時に、ますます興味津々なのである。

（「週刊文春」二〇一一年一〇月二七日号）

時に滑稽で、時に痛切なもの

ショーン・タン『遠い町から来た話』

ミュートという道具をご存知だろうか。

トランペットやトロンボーンといった管楽器の、ラッパの部分に差し込んで音を小さくし、独特の音色をつける弱音器である。金属製のものやプラスチック製のものなどがあり、トロンボーンで使うものは、起き上がりこぼしに似た円錐形をしている。

学生時代にバンドをやっていて、一学年下にT君というトロンボーン担当の子がいた。無口で真面目。容姿にも性格が滲み出ていた。そのバンドは体育会系文化部と呼ばれており、年功序列はサラリーマンよりも厳しく、上下関係は卒業後も一生続くのであった。夏合宿で、新入生は先輩方の前で芸を披露することになっていた。芸の評価はその後の部内での処遇に大きなウエイトを占めるとあって、みんな努力はしていたが、場が凍ったまま続々と討ち死にしてゆき、淋しくビールを一気飲みしたりしていた。

最後にＴ君が登場した。いかにも真面目なＴ君のこと、きっと彼も寒々しく散っていくのだろうなと思って見ていたら、おもむろに近くに転がっていた円錐形のミュートを手に取り、耳の下に当てて「イヤリング」と言ったのである。更に、彼はミュートを使い、「新体操」「ハンドバッグ」「花束」「マイク」など、それぞれの単語の内容に見立てたポーズを取るのであった。それがおかしいのなんの。彼の取るポーズと単語を発する間が絶妙で、見ていたメンバーは死ぬほど笑い転げたのであった。

この本を読んでいたら、なぜかその時の情景が目に浮かんできたのだ。

知らない人がミュートを見たら、これはいったい何だろうと思うだろう。次に、自分の知識やそれまでに見たものを総動員して、何に使うのか考え、自分の知っているものに当てはめようとするはずである。つまりは、この本に入っている幾つかの話はすべてそういう話なのだ。前作『アライバル』もそうだったけれど、タンの描くものは異文化との遭遇にまつわる悲喜劇であり、悪戦苦闘しながらもそれらを受容していく過程そのものなのである。

それは時に滑稽で愉快なものであり、時に胸をえぐるような痛切なものでもある。タンはそれらを分け隔てすることなく、そっといとおしげに並べてみせるのだ。タンの絵には、奇妙な図形や生き物が沢山出てくるが、それこそ異文化における彼の目に映る彼にとってのミュートなのではあるまいか。

（「母の友」二〇一二年三月号）

ぺにろいやるは何者か

ジョーダン『ぺにろいやるのおにたいじ』

このエッセイを書くにあたり、子供の頃に「こどものとも」で読んだこの絵本を選んだら、なんという偶然か、この原稿を書く半年ほど前に初めて単行本化されたのだそうだ。『おじいさんが　かぶを　うえました・月刊絵本「こどものとも」50年のあゆみ』（福音館書店）のリストによると、この翻訳絵本は（再話）となっている。つまり、昔からある話を脚色したらしいのだが、単行本のクレジットを見るに、ジョーダンはアメリカ人。しかし、絵本の内容といい登場人物の名前といい、どうも話はヨーロッパ風。アメリカに移民してきた人々のあいだに伝わる話なのかもしれない。

不思議な話である。とある国の王様の城のそばに恐ろしい鬼が棲む城があり、人々は日々おびやかされ、征伐に行った王子は馬ごと小さくされてしまう。そこで、お城の奉公人の子供であるぺにろいやるが凧と太鼓を持ってお城に行くと、遊び道具しか持っていない子供を脅かすわけにもいかず、鬼は子供と遊ぶことにする。「立派なお城ですね」と誉める子供に見られるのが恥ずかしくて、鬼が人間の骨を入れた箱を小さくすると、中身は綺麗な麦わらに変わり、その麦わらで夢中になって遊んでいるうちに鬼も小さな子供になってしまい、お城もどんどん縮んで小さなテントになってしまう。

子供心にも不思議な感じがしたのだが、特に、鬼が大きな鬼のお面に羊の皮を掛けて隠そうとする場面と、色とりどりの麦わらで遊んでいる場面が強い印象を残している。

ジョーダンは生物学者であるのと同時に教育家であり、平和運動にも従事していた、という経歴を読むと、この話、かなり意味深である。「北風と太陽」の変形に思えてくるし、現在、世界で「ならず者」と呼ばれている幾つかの国を巡る周囲の態度や、それらの国自身が取る態度のことを連想してしまうのだ。原型はどういう話だったのか、彼はどのように話をアレンジしたのか。大人になった今、ぜひ双方を読み比べてみたいと思うのである。

（「こどものとも0.1.2」二〇一〇年四月号折り込みふろく）

ブラッドベリは「死なない」

レイ・ブラッドベリ『ブラッドベリ、自作を語る』

ブラッドベリは死なないと思っていた。

訃報を聞いた後でもう一度この本を読み返してみたが、その印象は変わらない。今もまだ「生きている」感じがする。

恐竜と宇宙、ハロウィンと死者の日、映画と本が大好き。文学も映画もコミックも同列で語るところは、ファン作家でジャンルミックス作家のはしりともいえる。『火星年代記』が『怒りの葡萄』を下敷きにしているというのは面白い（そう指摘したファンが一人だけいて、「その通り」と返事を書いたそうだ）。ＳＦを書いているくせに、飛行機が苦手で運転免許すら持っていない。自宅にあるＯＡ機器はＦＡＸだけ。

インタビューに答えるブラッドベリの、あまりの精神の健全さ、素直さに驚かされる。子供の頃から好きなものは変わらず、おもちゃや模型、映画スターのサインに囲まれて生活している。なんでも覚えている抜群の記憶力。ミーハーでもあり、有名人には率先して挨拶し、「サインください」と言える無邪気さ。頭に浮かぶのは『裸の王様』に出てくる子供のイメージだ。先入観なしに、ヘンだと感じたものはヘンだと言う。

あの悪名高き赤狩りの時代に、「魔女狩りをするならセイラムに引っ込んでろ」という意見広告を出していたというのだから驚く。エージェントは「これで仕事がなくなる」と嘆いたが、ブラッドベリは平気だったし、実際、非米活動委員会も何もしてこなかったそうだ。ジョン・アーヴィングを「あんなつまらないもの」と一蹴していたのにもドキッとした。私個人はアーヴィングをつまらないとは思わないけれど、私が長いことアーヴィングの作品に感じてきたモヤモヤしたある種の胡散臭さを言い当ててくれたような気がしたのだ。

ブラッドベリが短編作家だというのは異論がないと思う。長編とされる作品もほとんどが短編連作だし、『たんぽぽのお酒』も短編のエピソードが緩やかに連なっている作品だ。もうひとつ言わせてもらえば、私の長年の持論だが、ブラッドベリの本質は怪奇作家であり、恐怖の作家である。ブラッドベリには、作者を伏せられて読んだら「えっ、これがブラッドベリ?」と思うような、グロテスクで「死」のイメージが濃厚な短編も多い。

その中に、ひときわ強く印象に残っていた「群衆」という短編がある。街角で交通事故が起きると、どこからともなく集まってくる野次馬。実は、それがいつも同じメンバーで、死神であったという話だ。

驚いたことに、この本の中でその短編がどうして出来たかという話が出てきたのである。ブラッドベリ少年は、十四歳の時にある交通事故を目撃した。外で衝突音がしたので駆けつけたら、車から地面に放り出された女の人がまだ生きていた。しかし、顎が裂けて落ちかかっていて、もう手の施しようがない。彼女が事切れる寸前、呆然と立ちすくむブラッドベリ少年と目が合った。この出来事がショックで、その後も繰り返し夢に出てきて、それが短編になったというのだ。

まさか、こんな最晩年になってから、よりによって「群衆」の由来を聞けるとは思わなかった。その一方で、長年彼の小説に感じてきた、濃厚に横たわる「死」の気配の一端を明かされたような気がして、符合めいたものを覚えたのだった。

「死」のみならず、ブラッドベリには、手塚治虫のような、神のごとき透徹した無常観がある。そういう人が描くファンタジーだからこそ、人生が稀に見せる奇蹟や僥倖がひときわ胸に染みるのだ。自分がこれまでに地球上に生まれてきた無数の命と同じように死んでいくのだということを発見した少年たちの夏と、イリノイの十月がある限り、ブラッドベリは読み継がれるだろう。

やはり、ブラッドベリは「死なない」のだ。

（「図書新聞」二〇一二年七月十四日号）

影の国に生きる大人たちに

C・S・ルイス『ナルニア国ものがたり』

『ナルニア国ものがたり』には、些か複雑な感情を持っている。

私は子供の頃ずいぶん早くにSFと出会ってしまったので、王子様やお姫様が出てきて、動物たちが喋ったり魔法の力で旅する話を「子供っぽい」と思い（自分だってじゅうぶん子供だった癖に）、異世界ファンタジーを読むタイミングを逸してしまったのだ。

だから、『ナルニア』を読んだのは十代も後半の頃で、読んでまず「ああ、もっと早くに読んでおくんだった。小学生の頃読んでいれば、さぞかし夢中になれただろうに」という後悔でいっぱいになったのである。初めて出会うには遅く、かといってその奥深さを味わうには若すぎた。その忸怩たる思いが、私の小説の中で何度か『ナルニア』について言及させたのだろう。

だが、最近『指輪物語』や『ゲド戦記』を読み返す機会があって、異世界ファンタジーは大人になってから読むのも味わい深いことを発見した。

社会人になり、世界の仕組みや人生についておぼろげながら理解できるようになってからのほうが、作者の意図や世界観を読み取れるからである。

久しぶりに読んだ『ナルニア』はとても面白かった。小説家として読んでも非常にスリリングで、今更ながらにルイスの筆力とそのイメージ喚起力に圧倒されたのである。

私は『朝びらき丸 東の海へ』が好きなのだが、びっくりさせられた箇所がある。終盤、船はこの世のいやはて目指し、いやはての海を走る。そこで、水面を見ていたルーシィが、水の中に黒い影を見つけ、それが海底に映った船の影だと気付く場面である。あまりにも水が澄んでいる上に、とても水が深いことの描写なのだが、非常にリアルでくっきりとその絵が目に浮かんでくる。

また、『銀のいす』の、地下の国で魔法で幽閉されている騎士に会い、子供たちが彼の言葉に異常さを感じる場面にもゾッとさせられた。とにかく、風景の描写も、人間の心理の描写も、とても平明なのにリアルなのである。

今読めば、もちろん『ナルニア』がキリスト教的世界観と倫理観を下敷きにしていることは明らかなのだけれど、『ナルニア』を貫く倫理観、特に「代償」や「贖罪」に対する考え方はとても興味深い。中でも今回読み返して印象的だったのは、『馬と少年』で、嫌な結婚から逃れるために使用人たちに眠り薬を盛ったアラビスという少女の背中に、アスランが爪を立てて大怪我を負わせるところである。それは、使用人たちがアラビスを見逃したために彼女の継母から受けた鞭の傷なのだという。かようにも、『ナルニア』の世界は決して甘い夢物語ではなく、むしろ峻烈《しゅんれつ》なものだったのだ。

そして、一年に一冊ずつ書かれたという『ナルニア』の順番には、本当に唸《うな》らされた。決して時系列順ではなく、時代が行ったり来たりするというこの構成の妙。外から来る子供たちの感じる時間と『ナルニア』で流れる時間が異なっているという設定の妙。

数十年、あるいは数百年単位で行きつ戻りつしながら四巻を進め、五巻目に外伝を挟み、六巻目で初めて『ナルニア』の成り立ちと、街灯とクローゼットの由来が明かされ、続けて最終巻で『ナルニア』の終焉を語るという構成には、ただひたすら「凄い」「お話というものをよくよく知り尽くしていらっしゃる」と感嘆するほかはない。そして、最終章の「影の国にわかれをつげて」の意味するところの衝撃といったら。

異世界ファンタジーは子供だけのものではない。私と同じく、子供の頃に読んでおきたかった人も多いと思うけれど、今からでも決して遅くはないのである。むしろ、影の国を生きる大人の私たちこそ、今改めて読むべきものなのだ。

（「新刊展望」二〇〇五年六月号）

シェイクスピアの正体

河合祥一郎『シェイクスピアの正体』

「ちょっとばかしこいつを見てもらえますかね、蔦屋の旦那」

「いいとも、どれどれ――ええ？　なんだ、こりゃ――なんとも、奇天烈な――ふうん。いったいどこのどいつが描いた絵だい？」

「はあ。実はその。先月鹿島沖に流れ着いた野郎なんですが、長崎に送られる途中で通りかかった芝居小屋の前から、一歩も動かなくなっちまいましてね。以来ずーっと芝居小屋に通いつめて、挙句、浮世絵を見て自分でも役者絵を描き始めたらしい」

「長崎ってことは、出島だね？　てことは、おい、異人さんてことかい？」

「へえ。なんでも、郷里では自分でも役者をやってて、芝居も書いてたとか」

「なるほど。役者どうし、通じるもんがあるってことか」

「はい。はじめはど下手糞で笑って見てたんですが、そのうち、なんとなく、その――じわじわ引き寄せられるものを感じたんで」

「うむ。確かに。この絵にはぐいっとつかまれるもんがあるね。それに、新しい」

「さすが、蔦屋の旦那だ」

「で、そいつ、名はなんていうんだ？」

「しゃくすペー、しゃくすペー、と自分を指差して繰り返してましたが」

「しゃくすペー？　なんだ、そのしゃらくせえ名前は。異人さんの名前は馴染みがねえからな――おっ、よし、じゃあ、頼まれもしねえのに役者を絵に写して喜んでるっつうことで、そいつの雅号は写楽でどうだ」

「ほんとに売り出す気で？」

「ああ。あずま沖に流れ着いたんだから、屋号は東洲斎で決まりだな――うん、こいつをぶつけたら、きっと浮世絵に風穴を開けてくれるぜ。だが、異人さんに絵を描かせて売ったなんてお上に知れたら大ごとだ。このことは絶対に内緒だぞ」

「合点」

なんと！　江戸中期に突然現れ、十ヶ月間だけ活動して姿を消した生没年不詳の謎の絵師、東洲斎写楽の正体は、「失われた年月」のあいだ、航海旅行をしていて鹿島沖に流れ着いたイングランドの大劇作家、ウィリアム・シェイクスピアだったのである！

……というのは、もちろん冗談であるが（第一、活動した時代が全く違う。写楽の活動は一七九四〜九五年）、これが冗談にならないくらい、シェイクスピアが「本当は」誰だったのかという謎に人は長いこと魅せられ、なんでもありの諸説が銀河帝国のごとく興亡を繰り広げてきた。

思うに、それはシェイクスピアの残した戯曲が膨大でなおかつ素晴らしかったからだが、実のところは、ズバリ、それが「芝居」という虚構に関わる商売だったからであろう。そう考えると、同じくあらゆる別人説が乱れ飛ぶ写楽も、描いていたのが「役者絵」だったから、と考えると面白い。

「この世はすべて舞台」。

そう芝居の中で言い切ってみせ、豊富な語彙と教養であらゆる人間の事象を描く劇作家が、とりたてて特筆すべきところのない生まれと育ちの田舎者のはずはない。そういう強いバイアスも、これが他の商売だったらこんなにも尾を引くことはなかったであろう。「演じる」「演じられる」という芝居の二重性ゆえ、「どこかに演じている者がいるに違いない」と思わされてしまうのだ。

写楽の「正体」の新説が出るとチェックするように、私がシェイクスピアの「正体」に興味を持ったのは、一九九八年に日本で出たジョン・ミシェルの『シェイクスピアはどこにいる？』の翻訳を読んだあたりからだ。類書は大体チェックしてきたのだが、数年前のこと、書店で新刊をチェックしていた私は、ハロルド作石の『7人のシェイクスピア』のタイトルを見て仰天した。まさか、日本の漫画でシェイクスピアの正体をテーマにした作品が現れるとは！　ここまで来たか、日本の漫画！　とたいへん興奮したことを覚えている。

実は、今回、私にこの解説が回ってきたのも、私が『7人のシェイクスピア』が面白い、と言っていたのを覚えていた編集者が、あの漫画は河合先生に取材したそうですよ、というところからなのである。

なるほど、そう思ってこの『シェイクスピアの正体』を読むと『7人のシェイクスピア』へと通じるものがある。

『7人のシェイクスピア』では、タイトルの通り、田舎者ウィルが、その不吉な予言ゆえ追放された驚異的な言語能力を持つ中国人の少女〈黒い女神〉や、当時峻烈を極めたプロテスタントによるカトリック教徒への弾圧から逃れる司祭ら、「表に出られない」人たちと協力しあって大作家「シェイクスピア」になっていく過程が描かれる。

かといって、河合祥一郎が合作説を取っているというわけではない。別人説のひとつに根強い合作説もあるが、河合氏が指摘するのは、当時いかにプロテスタントのカトリックに対する弾圧が凄まじかったかで、目の前で悲惨な現実を見た親カトリックであるウィリアムが、いかに用心深く自分を消すことを自らに強いたかという可能性である。

この本でシェイクスピアの「正体」とあえてタイトルにしたのも、これまでのさまざまなバイアスがいかに根拠がなく思い込みに左右されているかという事実を指摘することで（そのひとつが「成り上がり者のカラス」という、初めて文献に登場するシェイクスピアだと言われてきた人物が別人であることの証明である）、そういったあらゆる夾雑物を取り除き、改めて史実に現れた「シャクスペア」に向き合うことこそがシェイクスピアの真の謎解きの第一歩であり、そういう混沌とした現状こそがシェイクスピアという「現象」の「正体」である、という意見が核になっているのだ。どれも至極説得力があると思うし、こういう本が日本で書かれるのも実に頼もしいのだが、果たして世界的に見て反応はいかに？　そして、読者はどう考えるだろうか？

それにしても、シェイクスピアの別人説の根拠のひとつに、これほどの大作家に関する記述が少ないのはおかしい、身分を偽っていたからではないか、という点が挙げられることを、私は長らく疑問に思ってきた。

えてして第一線で活動している流行作家は、次々に消費されていくフィクションを生み出すのに必死で、過去を振り返るヒマもなく、プライベートなどないに等しい。自分のことを記録に残すことすら考えなかっただろう。現代でも、ＴＶドラマ全盛期のシナリオのほとんどがクレジットも含めて残っていないし、一世を風靡《ふうび》しべらぼうな売り上げを誇った漫画でも、その著者である漫画家のプライベートは知られていないことが多い。文学賞のタイトルのみに名前が残っているかつての流行作家でも今は「その人誰？」という人はたくさんいるし、「消えた漫画家」は枚挙に遑がない。むしろ、残らないほうが普通なのだ。

そもそも、別人説自体、失礼な話である。作家を舐めてもらっては困る。若かろうが、田舎育ちだろうが、人間の真実を見抜き、感情移入し、人より何倍ものスピードで社会の仕組みを理解できる者は存在するし、それこそ真の「作家」としか呼びようのない人種というのは存在する。それができたからこそ、シェイクスピアは天才だったのだろう。

結局、そういう天才を評価し、記録に残そうとするのは、いつの時代も必ず同業者かその周辺にいる者である。こうしてみると、残そうと思った、残してくれる同業者を持てたことこそが、シェイクスピアの天才のいちばんの証明なのかもしれない。

（新潮文庫解説　二〇一六年）

Ⅳ．ひとの原稿は早い……はずだった

名セリフ！

鴻上尚史『名セリフ！』


フルートと芝居を始めた理由というのには、それぞれ定番のきっかけがある。

「身体が弱くてぜんそくがちだったので、肺を丈夫にするためによいと薦められてフルートを始めました」というのと、「とても引っ込み思案で人と話ができなかったので、内気なのを直すのによいと薦められて児童劇団に入りました」というのがそれである。

今となっては、とても信じられない。きっとどちらも、母親が内心「フルートはいいところのお嬢様がやっているイメージがあるから」とか「自分が芸能人に憧れていたので子供を芸能人にしたかったから」というのが本当の理由であろう。

だが、フルートには「肺活量が必要」であり芝居には「度胸が必要」なので、結果としては、たとえ二次的な目的であっても効果があったということになろう。

何が言いたいかというと、人間の肉体で音や声を出すのには、それ相応の技術が必要だということなのだ。

私は人前で話すのが大嫌いである。声はボソボソしているし、滑舌は悪いし、上がり症ときている。スピーチをするたび、本当に毎回きっちり胃痙攣を起こす。そんな私が、芝居の小説を書くために、戯曲を一冊「声に出して読んで」みたことがある。役者とはどういうものなのか、ほんの少しだけでも体験してみようと思ったわけだ。

何を隠そう、シェイクスピアの『ペリクリーズ』（小田島雄志訳・白水社）である。

ちょうどその頃、さいたま芸術劇場あたりで掛かっていたし、読んだことがなかったので試しに「読んで」みたのだ。

しかしまあ、これがもう、たいへんなのだ。声は出ないし舌は回らないし、「朗読」するだけでもたいへん。なにしろ、息が続かないのである。合唱部にいて、管楽器をやっていて、腹筋には自信があったのに、長台詞ひとつでゼイゼイいってしまうのだ。当然、読み通すまでとんでもない時間が掛かった。もっとも、お湯が沸くまでのあいだとか、洗濯機の脱水のあいだとか、家事の細切れの時間に読んでいたので、軽く一週間はかかったと記憶している。黙読ならするっと一時間で読めるのに、声に出すとこんなにも時間が掛かるものなのかと意外に思った。

そして、もっと驚いたのは、台詞を読んでいて、その内容にぐっときて泣いてしまったことだった。苦界に身を落とした娘が父を思っていう台詞。親と子の、人の情愛というのは普遍的なものがある。しかし、ただ黙読していただけでは、目はその台詞の上をあっさり通過してしまっただろう。それを口にしたことで、胸に迫るものがあったのだ。

私が芝居の言葉に真剣に興味を持つようになったのは、二十世紀末から二十一世紀に入った頃のことだった。小説にやたらと「リアリティ」が求められていると感じていて、じゃあ小説のリアリティってなんだ、そもそもリアリティとはなんだ、と考えているうちに、よく調べて書いた「本当らしい」小説よりも、書割の舞台で寓話的な芝居の台詞のほうに「本当」があるのではないか、と思ったからだった。

芝居はいちばん時代に近いところにある。時代の声が、文字通り肉声の台詞としてそれぞれの戯曲に封じこまれているのだ。

かつては退屈でそっけなく思えた戯曲という媒体に、さまざまな声や情景を感じるようになり、時代を経るごとに複数の解釈が可能になることにも興味を覚え、もっと戯曲は読まれるべきだと思うようになった。

内外の名作戯曲から名台詞を抜粋するというありそうでなかったこの本は、鴻上尚史以外には書けなかった本だろうという気がする。台詞の選び方、その冷静な分析、どれをとっても他者にはなしえないし、戯曲の入門書としてこの上ない。

かねてより、鴻上尚史という人の言語能力の高さには感嘆していた。かゆいところに手が届く、というのはまさにこのこと。普段感じていてもなかなか言語化しにくい感情や違和感の正体を、あまりにも簡潔に過不足なく言葉にしてくれるので、こういう人はあまりにも物事が「見えすぎて」しまって生きるのがつらいのではないか、と余計な心配をしていたほどである（だからこそ、その高い言語能力を封じられた海外での活動を描いた『ロンドン・デイズ』が氏の著作の中では一等好きだ）。

だから、この本は、戯曲の入門書として以外に、鴻上ファンとしては、圧倒的言語能力を持つ脚本家であり演出家である鴻上尚史が、どう戯曲を読んでいて、どの戯曲を評価しているるか、が明かされた興味深い本でもある。

中でも、「要約が不可能な物語で、論理的な起承転結というより、イメージの連鎖で紡がれた物語で、ロマン主義的な匂いがあって、言葉遊びに溢れていて、寓話的であって、象徴的であるような〝物語〟です」と説明されている、唐十郎や渡辺えりや野田秀樹に受け継がれているタイプの世界が「分からない」と率直に告白したところに胸を突かれた。

分からないことを「分からない」と認められる人は少ない。このような仕事をしている人はなおさらである。その点でも鴻上尚史という人の言語能力の高さと誠実さを改めて実感した本であった。

（ちくま文庫解説　二〇一一年）

あまりにも昭和的で日本的な

吉田秋生について

不良少年の純情。これが、『カリフォルニア物語』をルーツとして『吉祥天女』『BANANA FISH』などで、吉田秋生が一貫して描いてきたものだった。厳しい現実という汚泥の中から咲く白い蓮の花。その一輪の奇跡と無垢が彼女の重要なテーマで、これらの作品では主人公は皆スーパーヒーロー。その「強さの中の弱さ」に重点が置かれていた。

いっぽうで、『河よりも長くゆるやかに』や『ラヴァーズ・キス』といった普段着のシリーズでは、登場人物たちは皆凡人。逆に、「弱さの中の強さ」に重点が置かれてきた。

そして、連載中ながら既に名作と名高い『海街diary』。このシリーズでは、ついに両者がひとつになった感がある。恐らくこれまでは若さや照れや反発などで、露悪感を押し出さなければ描けなかった「強さ」「弱さ」「優しさ」といったものを、シンプルに描けるようになったのだろう。こんなことを言うのは著者には不本意かもしれないが、初めて読んだ時は別のところに驚嘆した。未だに日本のＴＶドラマや家族小説に強い影響を及ぼし、呪縛をかけているといってもいい向田邦子の正当な後継者がこんなところにいたのか、しかももはや向田邦子を超えている、というのが最初の印象だったのである。

「泣ける」漫画というお題でこの『海街ｄｉａｒｙ』が頭に浮かんだのは、それがあまりにも日本的で昭和的な涙だったからだ。決して古いといっているわけではない。さまざまな事情でひとつの家に住むことになった四姉妹。彼女たちは泣かない。中学生の末っ子すずでさえ、唯一大泣きするのはすべてを掻き消すような蟬時雨の中でだけだ。彼女たちは、しばしばひっそりと涙を流す。それは哀しい涙だったり、感動の涙だったり、整理できない感情の発露としての涙だったりするのだが、彼女たちは泣かない。ただ涙を流す。そうそう、これが私の知っている涙だったよなあ、と思えるのがこの漫画だったのだ。

確かに、「泣ける」のは時に気持ちがいい。すっきりして、カタルシスがある。日々の生活と共に身体の奥に溜まっている、形容しがたい感情の澱のようなものを洗い流したような心地になる。けれど、やはり私の考える涙は「泣く」のではなく「流す」もの。これからもずっと、そういう涙に反応できるようでいたいと思うのだ。

（「小説すばる」二〇一三年二月号）

「面白い」でいいのか？

岩明均の漫画は面白い。しかし、いつもそう言ってから、「果たしてこれを『面白い』で済ませていいのだろうか」というためらいを覚えるのだ。

私たちが何かの作品を「面白い」と言う時には、「この作品を面白いと言い切れるだけ、私はこの作品を理解しているという自負がある」のだと思う。だが、岩明均の場合、「面白いよねー」と言ったあとで、必ず「私は本当にこの人の面白さを理解しているのだろうか？」という不安がつきまとうのである。

それというのも、私は岩明均の漫画を読む度に、「この人はこの漫画のどこがキモだったんだろう？」「いったいこの人は漫画を描く時にどこに面白さを感じてるんだろう？」という疑問を感じてきたからだ。私が小説を書く時も、ここを書きたかった、この場面を書きたかったという箇所はあるものの、そこが必ずしも小説のテーマと重なるとは限らない。ただ、そこを書いている時は無類の生理的なドライヴ感みたいなものがあるのは確かだ。

岩明作品を読んでいると、むろん「ここが作品のキモなんだろう」と思われる場面はそこここにあって理解できるものの――たとえば『寄生獣』ならミギーが「これが……死か……」と意識するところとか――果たして彼自身がそこを描くことにいちばんの興味をおぼえているのだろうか、作品の構成上必然性があるから描いているものの、本当に描きたかったのは全然別のところ、我々読者には理解できないところにあるのではないか、むしろ本筋とは関係ないところにあるのではないかといつも感じていた。「本当のところ、どこがいちばん描きたかったんだ？」いうのが長年の疑問だったのだ。

このエッセイを書くにあたり、これまでの彼の作品を読み返してみた。すると、かろうじて共通点らしきものはある。人間の能力、天与の才、天職、といったものだ。『寄生獣』や『七夕の国』は、平凡な日常を送る主人公がたまたま与えられた能力をどう生かすか苦悩する話だし、歴史モノは「その時代、その時、その場所にそういう能力を持った人がたまたま居合わせたこととの不思議（僥倖《ぎょうこう》あるいは不運）」といったものが繰り返し描かれている。岩明均は、歴史の「if」の要因を人間の能力という一点に求めているのだと思う。

特に、今回読み返して興味深く感じたのは『雪の峠』だ。関が原の戦い以降、戦乱の収まった世で、いわば政治の中心がブルーカラーからホワイトカラーへと転換しつつある時代に、そこに「居合わせた」事務方・渋江《しぶえ》内膳《ないぜん》を中心に、その時の「築城場所」という判断が現在まで繋がっている「不思議さ」を描く、というのはその後の『ヘウレーカ』『ヒストリエ』の原型になっているように思える。デビュー前から温めていたという『ヒストリエ』も、『雪の峠』を描いたことで具体的な形になったのではないか。

とまあ、ここまでもっともらしく書いてみて、ハタと気付いた。結局、そういった歴史上の出来事を描きつつも、彼がいつも描いているのは、「人間の持つ本能と理性が引き起こす相克と矛盾」であり、そんな人間の「得体の知れなさ」を絵にすることにいちばんの興味を感じているのではないか、と。

その証拠に、岩明作品で記憶に残っているのは、そういう説明しようのない「得体の知れない」場面だ。

『ヒストリエ』のレスボス島での生物研究所のシーン。

「貴女は必ずここに帰っていらっしゃる!! お待ちしています!! 何年でも! 何十年でも……!!」

あるいは、アレキサンダーに母が「そこをぴょーんと」と口にするシーン。

あの強烈な、得体の知れなさ、気味悪さ。

そこで、触れずにいられないのは、岩明作品の絵についてだ。ＳＦテクニック的にうまい人はいくらでもいるが、彼の絵には他では感じない「有り得ないモノのリアリティ」がある。私はそこを目にすると、読者として生理的な快感を覚える。『寄生獣』のミギーの造形にしろ（あのミギーのラインには、自然さと同時に官能すら感じる）、身体を変化させるパラサイトたちのビジュアルにしろ（犬のビジュアルはジョン・カーペンターの『遊星からの物体X』から影響を受けていると思うが）、『七夕の国』のカササギの羽根に似た手のデザインにしろ、「きっと現実に存在したらこうに違いない」という生々しい説得力があり、林の中で、パラサイトが手足を硬質化させて木の幹に引っ掛けているシーンなどは、「うーん気持ちいいな」と感じてしまう。恐らく、作者も自分の漫画の中で「有り得ないモノのリアル」を描写している時がいちばんドライヴ感を覚えるのではなかろうか。もっとも、近年では、絵そのものよりも話の造りへと興味が移っているような気もするのだが。

なんだかとりとめがなくなってしまった。やっぱり、まだ私には岩明作品をきちんと理解できていないようである。しかし、その一方で、ずっと「面白い」と言い切れない自分に戸惑い続けていくことが、岩明作品を読む正しい読者の態度なのではないかとも、勝手に思っているのである。

（「ユリイカ」二〇一五年一月臨時増刊号）

影がある。

よしながふみについて

よく「カゲのある女」とか「あの人ってなんとなくカゲがある」などと言うが、よしながふみの漫画の登場人物には影がある。駄洒落ではない。文字通りの意味だ。

漫画ではお約束の記号で、マズイことが起きた時には額に縦線が走り「ササーッ」という血の気の引く音が付いたりするが、よしながふみの漫画の場合、登場人物の何気ない日常会話でも、顔の一部に網カケによる「影」が付いていることが多いのだ。

たとえば、『きのう何食べた?』第一巻のケンジの名セリフ「でも店長はお客さんに自分の奥さんや子供の話をするよ? 何で俺だけ自分といっしょに住んでる人の話を誰にもしちゃあいけないの…?」とか、料理仲間の佳代子さんの「だって覚さんあたしにとっては他人じゃない。実の子供なわけじゃないもん」というところを見てほしい。人生の真実をさりげなく、しかしズバリ突く顔にはどれも「影」がある。

以前、ご本人にお目にかかった時にも申し上げたのだが、よしながふみの登場人物は、それぞれの人生のツケをきちんと払っている。巷のドラマや小説には悲劇が溢れているが、それを登場人物がきちんと引き受けている物語は少ない。愛の素晴らしさを語って恋人や家族は死んでゆき、号泣が漏れる。が、そこで本はぱたんと閉じられ、物語は完結してしまう。映画館を出たあとも、その物語が続いていく感じがしないのである。

しかし、よしながふみの登場人物は「生きて」いる。犯罪被害者だったり、病気だったり、マイノリティだったりして、それぞれが重いものを背負っているが、そのことになんとか折り合いをつけて今日も明日も日常を「生きて」いるのだ。本を閉じても、彼らの人生は続いていく。登場人物の顔の「影」は、そういう、人生と折り合いをつけている人間の覚悟と矜持、あるいはそのしんどさとやるせなさを表しているように思える。

その証拠に、よしながふみの漫画にはユーモアがある。途切れずに日々続いていく人生は、泣いたり苦悩したりしているだけでは続かない。悲しむには体力がいるし、おなかもすくし、何より人間はずっと同じ感情を抱き続けるには飽きっぽすぎる。だから、どんな悲劇的状況でも、クスリと笑える瞬間はあるし、時におのれの状況をふと客観視して自嘲的な笑みも浮かぶ。

それでもなお、人生は過酷で現実はシビアだ。『フラワー・オブ・ライフ』を楽しく読んでいて、ラストで主人公と一緒にタイトルの意味を知った時、主人公と共に衝撃を受け、これをタイトルにした作者に畏怖を覚えたことを生々しく思い出す。

知性と情念の奇跡的なバランス。これがよしながふみの漫画の特徴ではあるまいか。そういう意味では、法曹界というのはこの矛盾するふたつにどこかで折り合いをつけようとする最もよしながふみ的な分野だ。筧史郎が弁護士なのは、決して偶然ではなく当然の選択であり、ゆえに『きのう何食べた？』が傑作なのも当然なのである。

（「ダ・ヴィンチ」二〇一一年一二月号）

夢のままでも……

蜷川幸雄について

世の中には決まり文句のように使われる言葉がいろいろあって、そのひとつに「少年の心を失わない」というのがある。なぜか「少女の心を失わない」とは言わないし、「乙女心」には揶揄《やゆ》が、「少女趣味」という言葉にははっきり侮蔑的なニュアンスが漂うのに、「少年の心を失わない」というのは誉め言葉ということになっている。

しかも、厄介なことに、自分のことを「少年の心を失っていない」と思いこんでいる人は意外と多い。そういう人に限って、「自分の中の少年の部分がこれを許せない」と単に好き嫌いを優先するとか、「懐かしいなあ、知らないと思うけど、あの頃、僕はねえ」とえんえん思い出話に浸ったりする。少年の心――その正体は、つまり「自己客観性が欠如していることを誇る」とも言い換え可能なのであった。

しかし、蜷川先生にお目に掛かった瞬間、なるほど、本当にこの世には「少年の心を失わない」人がいるのだ、とびっくりしたのを覚えている。

お目に掛かったのはたったの二、三回だったけれど、いつもニコニコしていて、ちょっと遠巻きにしている。私も人見知りなことにかけては人後に落ちないため、初対面の時も、お互いにどう考えても挨拶するには離れすぎているだろうと思う位置でぎこちなく頭を下げ、ぎこちなく挨拶を交わした。

当時、私は商業演劇に初めての戯曲を書き下ろしたところだった。貪欲に次の作品を求めていた先生が、いろいろな若手劇作家に声を掛けてくださったうちの一人だったのだろう。TVのドキュメンタリーなどで見知っていたイメージとは全く異なる、とてもシャイな「含羞《がんしゅう》の人」だったのに驚いた。

そしてもうひとつ、蜷川演出の作品を観ていつも感じていたこと——ごく自然に、女性に対する尊敬の念を持っている——も、本人にお目にかかって、元々そういうものが備わっている人なのだ、と確信した。実は、悲しいかな、女の人に対してそういったリスペクトを当たり前に持っている人は、女性ですらなかなかいないのが現実である。

その点でも、蜷川幸雄は「永遠の少年」とでも言うべき「珍しい」人だと思ったし、今もその印象は変わらない。

結局、気後れもあったし、まさか自分の戯曲を蜷川先生に演出してもらうことなど「ありえねーよなあ」と苦笑しているうちに、小説の仕事に忙殺されていたこともあって、蜷川演出は夢のままとなった。

本当のことをいうと、「まさか実現しはしまいが、もし万が一実現するのであればこれをやってもらえたらなあ」と密かに準備だけはしていたものがある。二十代から七十代までの女性ばかりが出てくる密室劇である。今もひっそりとパソコンの隅にあり、完成していない。「全部男性」の芝居のイメージが強く、なおかつ女性へのリスペクトのある先生だったら、この話をどう料理したかしらん、と時々思い出しては妄想するのが私の密かな楽しみであり、先生への追悼なのであった。

（「文藝別冊」二〇一六年一〇月）

モノクロの悪夢に魅了され……

つねづね不思議に思っているのだが、人の嗜好というのはいったいいつ決定されるのだろう。最初に手に取った時だろうか。手に取りたいと思った時だろうか。どこで道は分かれるのだろう。つまりは、その、ダークなもの、ちょっと怖いもの、謎ときや恐るべき犯罪について書かれた物語に惹かれるという性向は、いつから始まっているのだろうか。

数年前に、福音館書店から、「こどものとも」という月刊で頒布されていた絵本の創刊五十年を記念して、これまでの歴史をまとめた本が出た。

私も子供の頃に「こどものとも」を取っていたから、そのうちかなりの数を知っていた。このシリーズには第一線の作家と画家が多数参加し、『おおきなかぶ』『ぐりとぐら』『スーホのしろいうま』など、こんにち名作とされるあまたのロングセラー絵本が生まれている。

さて、幼稚園に入るか入らないかの頃にこの月刊の絵本を読んでいた私だが、この記念本を眺めていて気付いた。私の好きだった絵本は、見事にダーク路線なのである。

爽やかな絵本や感動的名作、可愛い絵本もたくさんあったのだが、繰り返し読んで印象に残っているのは、モノクロの『もりのおばけ』とか『だれかがぱいをたべにきた』とか『びんぼうこびと』とか、犯罪がらみかちょっと不思議で怖い話なのだ。

既に、ここから萌芽はあったのである。

同時に、私は本も雑誌も大好きだった。綴じた印刷物が何より好きで、リカちゃん人形だって、人形そのものよりは、綺麗な写真でリカちゃんの服や家が載っている、小さな冊子になったカタログを偏愛していた。長崎屋で入手できた「ひとりとふたり」というミニコミ誌は当時流行り始めていたナール体の文字に萌えまくり、いつもうっとり眺めていたし、父の勤める会社が出しているグラビア主体の広報誌を父が持ち帰るのをいつも愉しみにしていた。小さい本、というのにたまらなく惹かれた。

岩波少年文庫のサイズと造本は、これまたどんぴしゃに好みだった。函《はこ》から出した時の姿、手にした時の佇まいや、表紙の硬さと丸背の感じが、最高に好きだったのだ。このサイズで『秘密の花園』や『カッレくんの冒険』を読む。何度ページを開いても新鮮にわくわくした。学研からも似た装丁の海外児童文学シリーズがあり、こちらも大好きだった。

『魔法のベッド　南の島へ』や『この湖にボート禁止』など、いったい何度読み返したか分からない。

私には五歳上の兄がいて、小学校や中学校に入ると学年誌というものがあるというのを知っていた。『小学六年生』とか、『科学と学習』とか、『中一時代』、『中一コース』という、お勉強に即した雑誌があるのだと。そして、その雑誌にはしばしば小説の付録が付いていた。これがもう、私の好みにピッタリの小冊子なのである。外国の児童文学を訳したものや、古典的ミステリを翻案したものだったりしたが、ひとつ覚えているのは、不気味な給水塔を舞台にした少年少女の冒険もので、私はこれで給水塔、というものを覚えた。とにかく小さなサイズの印刷物には目がなかった。

もちろん次は少年探偵団シリーズである。背表紙の字体といい、表紙の絵といい、あの乱歩の独特の文体といい、セピア色の世界にどっぷり浸った。

けれど、私はどちらかと言えば舶来（死語だ）モノ志向。当時、ＮＨＫの少年ドラマシリーズが人気で、それをノベライズしたソフトカバーの（ちょうど現在ノベルスと呼ばれてる形態の）本もよく売れていた。私は『時をかける少女』や『夕ばえ作戦』、『なぞの転校生』に夢中だった。その頃、版元はどこか分からないが、それと同じ形態のソフトカバーで、海外ミステリのシリーズがあったのだ。とにかくインパクトがあったのは、クリスティの『七つの時計』である。初めて「意外な犯人」というどんでん返しにアッと驚いたのだ。それがクリスティの初体験であり、本格ミステリの初体験だった。

ここまでで、じゅうぶんに下地はできていた。

そして、ついに学校の図書室で、運命的なあのシリーズに出会うのだ。

あかね書房の、「少年少女世界推理文学全集」である。

とにかくもう、本棚のその全集の一角だけ雰囲気が違っていた。あの角背のかっちりしたモダンな感じ、大人っぽい表紙、洒脱なデザイン。表紙にタイトルと同じ大きさで書かれた、「あかね書房」の文字。特に「ね」の文字には、ねっとりした官能的なものを子供心に感じていた。

表紙に、見返しに、口絵に、いかにもダークでぞくぞくする物語への予感が滲み出ていた。なんといっても、ページを開いた時の字面からして独特の雰囲気があった。乾いた神秘的な空気。図書室で本を開いていても、フィルム・ノワールを見ているような、海外にいるような気分になれたのだ。

中でも印象に残っていたのは、『エジプト十字架の秘密』と『恐怖の黒いカーテン』である。当時、TVのゴールデン洋画劇場では、一年に一回くらいは必ずヒッチコック映画と、アラン・ドロンやチャールズ・ブロンソンの出る映画をやっていた。『鳥』『めまい』

『裏窓』、『地下室のメロディー』『太陽がいっぱい』『雨の訪問者』などなど。その映画を観ていた時の気分と、この二冊を開いていた時の気分がぴったり重なるのだ。

この全集は、黒っぽいイラストが多く、どことなく映画のスクリーンを思わせた。ちょうどＴＶで見ていたモノクロ映画をもろに連想させるのだ。特に『エジプト十字架の秘密』の一場面、ハイウェイの脇に首を斬られた男がはりつけになった、Ｔ字形の十字架が見えるところは強烈に目に焼きついている。

ここで、私の人生と志向は決定的なものになったのだ。

（『少年少女昭和ミステリ美術館』二〇一一年一〇月）

山本周五郎と私　名前と運命

山本周五郎『ながい坂』

昭和三十九年（一九六四年）、六月。

雑誌「週刊新潮」で一本の連載小説が始まった。

江戸時代のとある藩で、下級武士の家に生まれた男の一生。彼は決してスーパーヒーローではないし、苦しみながら成長していく過程を、藩の歴史に深く関わるお家騒動とからめて描く。

連載が始まってすぐに、主人公の幼馴染として、「ななえ」という可憐な少女が出てくる。謹厳実直な主人公を慕っているのだが、主人公は謹厳実直であるがゆえに、「近寄るな」と邪険にしてしまう。すると彼女はぽろぽろ涙を流し、後にある事件が起きるまでは決して声を掛けてこなかった。

さて、昭和四十一年一月八日号まで連載されたこの小説がまだ序盤であったこの年の十月。

東京オリンピックに沸く日本の北、転勤先の青森市で生まれた子供に、父親はこの少女の名前をつけた。

その赤ん坊が長じて本好きの子供になり、やがて自分でもお話を書くようになると、二十代で小説家になった。

それが私である。

そして、私が生まれた年に連載していたその小説こそが、山本周五郎の『ながい坂』であった。

『中庭の出来事』で平成十九年（二〇〇七年）の山本周五郎賞を受賞した時、授賞式の挨拶でこの話をした。

いきなり「昭和三十九年の六月に」と話し始めた時は皆さん面食らった様子だったが、私の本名が山本周五郎の小説の登場人物からとったものだというと驚いていらした。

受賞した私も感無量であった。

まさか、子供の頃から自宅にある全集の背表紙で見慣れていた名前を冠した賞を授かることになるなんて。しかも、いわば名付け親。周五郎ファン多しといえど、こんなに幸運な読者はいまい。

我が家には、私がものごころついた頃には四つの個人全集があった。永井荷風、谷崎潤一郎、寺田寅彦、山本周五郎である。こういってはなんだが、我が父親ながらなかなか趣味のいい四人だと思う。中でも、当時からソフトカバーで背表紙に作品のタイトルが入っていた山本周五郎全集は、ひらがなの「ちいさこべ」「さぶ」から始まって、字が読めるようになるにつれてそれぞれのタイトルが頭に刷り込まれていった。

母親から、私も五歳上の兄も山本周五郎の小説から名前をとったらしい、と聞かされていたが、私のほうが『ながい坂』だと分かったのは中学生になった頃だろうか。

『赤ひげ診療譚』や『五瓣の椿』など映像化された作品から読むようになった。逆に言うと、今では当たり前に言われる言葉だが、どれも映像的な作品なので驚いた。中学生当時いっぱしのミステリ・ファンを気取っていた私にも、『寝ぼけ署長』は面白い推理小説だった。衝撃を受けたのは『季節のない街』だ。とても優しいのに結局何もせずに子供を死なせてしまう男に、作者が語りかける手法で書いたものは今でも忘れられない。

そのうち、恐らく何かの拍子に『ながい坂』を手に取ってぱらぱらめくっていてその名前を見つけたのだと思う。それでも、まだ小説そのものは読んでいなかった。

実際に読んだのは、大学生になってから——しかも卒業間際——だったと思う。それというのも、当時つきあっていた男の子やサークル活動で親しくしていた男の子にその話をしたら、みんなが『ながい坂』を読んで、私にその内容を説明してくれたからである。そのうちの一人が、私が名前をもらった少女のことを「ほんと、いたいけな可愛い子なんだけど、そのうちすげービンボーになって、身売りして、さびしーく死んでいくの」というものすごい大雑把な説明をしたので、「それはあんまりではないか」と思い、確認すべくページを開いたのだ。

確かに、そこに出てくる「ななえ」はいたいけだった。丸顔で片頬にえくぼができて、ちょっと顎がしゃくれて、という顔など、まるで予言したかのように私に似ている。

今にして思えば、連載序盤で名前をもらった父も、その後「ななえ」が苦界に身を落とすところまではさすがに想像できなかったのだろう。更に現在になってみると、いや、もしかすると将来小説書きという苦界に身を落とすところまで予言していたのかもしれない、と思ってしまう。

最初に読んだ時、『ながい坂』は、いわば公務員である主人公が、自分の仕事と自分の人生の目的とをすりあわせていく、サラリーマン小説みたいだと思ったことを記憶している。恐らく、就職が決まってから読んだせいもあるのだろう。タイトルそのまま、人生を

「ながい坂」に見立てたストレートな物語である、と。

今回改めて読み返してみたが、その印象は今も変わらない。むしろ、現代にも通じる組織内での処世術や権力闘争、公益ということ、市民の幸福ということ、などなど、その内容が全く古びていないことに驚く。

不気味に思ったのは、この主人公の属する藩がしばしば評される次のような言葉である。

「ここは不思議な国だ。臭いものに蓋というか、起きていることが見えない。知らないところでいろいろなことが決められて、いつのまにか進められていく。誰も何も言わない。表面に出てこない」

これはまるで現代の日本そのもののようで、場当たり的な政治でコロコロ政策が変わり、せっかく先人が計画したものを苦労して実現し、しかも実際に大いに役に立った堰を維持できず、結局荒れ放題にしてしまう、など、なにやら薄ら寒い心地にさせられる。


それ以上に、小説家となってから読んだ『ながい坂』は面白かった。

この、読んでいる時の、大きなふところに抱かれているかのような比類なき安心感はどうだろう。隅々までおおらかなエネルギーが満ちみちていて、読んでいるほうにもそのエネルギーが常に流れこんできて、ちっとも息切れしないのだ。山本周五郎の小説家としての大きさ、優しさに、改めて胸がいっぱいになった。

多彩でいきいきした登場人物。むしろ主人公がいちばん地味で、その対比として登場する、恵まれているがゆえに苦しむ滝沢兵部、逆に出自に構わず百姓として生きることを選ぶ津田大五の設定が絶妙だ。プライドの高い妻つるに付いてきた侍女頭の芳野、無口だが主人の望みどおりのくぬぎ林を庭に造る弥助、孤児で利発な七など、脇役も渋い。

簡潔なのに艶があり、親しみやすい文章。連続ドラマのように、「さあ、これからどうなる」というところで場面を転換し、時間をスキップして全く異なるところから次の場面をスタートする、など週刊誌連載ゆえだろうが、その構成も憎い。

面白いのは、定期的に語り手となる、一種の神の視点として登場する「山の森番」の存在だ。彼の存在と語りが、「小役人の一生」という主人公から見た物語を、一歩引いて離れたところから俯瞰する額縁の役割を果たし、この物語に一回り大きな普遍性を持たせている。

ところで、今回読み返していて、もうひとつ疑問が残っていたことに気がついた。

私の兄は「藤明」という。「ふじあき」と読むのだが、この名前を山本周五郎のどの小説からとったのか実はまだ知らないのだ。

『ながい坂』の最初のほうに「藤明塾」というのが出てきて「あっ、これだったのか」と一瞬思ったのだが、いや、そんなはずはないと考え直した。

兄が生まれたのは昭和三十四年の七月。つまり、これ以前にもうこの名前が出てくる小説が存在したことになる。

今さら父に聞くのもなんだし、年譜と全集を首っぴきで探すしかなさそうだ。

これからも、折りにふれ山本周五郎全集にお世話になることは間違いない。

（「波」二〇一三年一〇月号）

東京という探偵小説

江戸川乱歩『猟奇の果』

『猟奇の果』のゲラを読んでいる時にしきりと頭に浮かんだのは、最近観たある展覧会のことだった。

品川にある美術館で開かれた、とある日本の現代美術作家の「東京尾行」というタイトルが付いた展覧会である。

一見、東京の日常の風景を切り取った動画映像が静かに流れているだけなのだが、しばらく見ているうちに、「あれ？　なんだかヘンだな」と感じ始める。

実は、よくよく見てみると、動画の一部がアニメーションに置き換えられているのである。

たとえば、巨大な団地のベランダに干してある布団や洗濯物の一部や、若い女の子がカフェで食べているランチの食材の一部が、そこだけのっぺりした絵になっていたりする。

空を飛ぶ飛行機や、建設現場のパワーショベルだけが現物の輪郭通りにアニメになって動いている。

それも、実際の映像を簡略化した線でなぞってあるだけで、そこだけ何か特別な変化が加えられているわけではない。あくまでも絵に「置き換えられている」に過ぎないのである。

なんでわざわざこんなことを？

そう思いながら会場を歩き回り、繰り返される映像をしばらくぼうっと眺めていると、だんだん奇妙な心地になってくる。

その、アニメに置き換えられた部分が、まるで世界に開いた穴のようで、そこから世界の秘密——普段は気付かない、巧妙に隠蔽されていて決して見ることのできないものであり、恐らくはそちらが真実に近い——が漏れ出してくるような気がするのだ。

ケーブルのカバーが破れてむき出しになっていて、うっかり触れたら感電してしまいそう。そんな危険の気配すら漂う。

もしかすると、現実の世界でも、こんなふうに「世界の秘密」は巧妙に「現実」に似せて擬態しているだけで、本当は見た目とは全く異なるものなのでは？

観ているうちに、そんな疑惑がだんだん膨らんできて、世界が歪んでいくような錯覚に陥り、恐ろしくなってくるのである。

この展覧会タイトルの「東京尾行」、英訳では「TOKYO　TRACE」となっている。

「TRACE」を辞書で引くと、

跡を残す、線などを引く（原義）。

転じて、

人や車などが通った足跡。事件・事物等の痕跡。図形、見取り図。自動記録装置による記録。

人が、道や足跡などを辿る行為や、原因や出所を調べること。

となっている。

なるほど、まさにさんざんTVの刑事ドラマで見てきた「尾行」と呼ばれる行為であり、実際、映像の線をなぞってアニメに置き換えているのだから、その技術的作業そのものも表している、ぴったりの単語なのだ。

思い起こしてみると、「尾行」というものを最初に覚えたのは乱歩の少年探偵団シリーズだった気がする。

それだけではない。そもそも「東京」という町のことを知ったのも、乱歩の小説の中だったような気がするのだ。

この『猟奇の果』に限らず、乱歩の小説は「東京小説」と呼び変えてもいいほど、執筆当時の東京の風俗や街の雰囲気が濃密に書き込まれている。逆に言えば、乱歩の小説は「東京」の存在抜きにしては語れない。

九段の靖国神社の招魂祭、本所の場末感漂う映画館、帝国ホテル、歳末大売出しの銀座、麹町のひっそりとしたお屋敷街、神田の雑誌社、十二階を失った浅草、池袋郊外の淋しい原っぱ――

今回そんな描写を読みながら、そうだった、そうだった、私の脳内イメージの東京はすべてここから来ていたんだ、と一人で頷いていた。

いや、それどころか、かつての私にとって、探偵小説というもの自体、「東京」とイコールであった。

考えてみると、探偵小説は都市なくしては成立しない。まず必要なのは広さである。住宅街、ビジネス街、官庁街、歓楽街、と目的別のエリアが分かれ、その場その場で人々はさまざまな立場を演じる。壁の向こうには見ず知らずの、どこの誰とも知らない人が住んでいる。無数の群衆。巨大な都市を作る、顔のない歯車。そんな、匿名性が高いという環境があって初めて成り立つのである。

「尾行」だって、道路が整備されていて、怪人を見かけた時にタイミングよく空のタクシーが通りかかるような都会でなければ実行できない。

閑静な住宅街にあるお屋敷から令嬢が攫われ、顔のない怪人が闊歩《かっぽ》する闇があり、働かなくても食べていける高等遊民がゲームとしての犯罪や探偵を愉しむ。それは東京という舞台なくしては有り得なかった。

普段は澄ました顔で擬態しているが、一皮めくれば魔物が跋扈《ばっこ》し、空恐ろしい犯罪が静かに進行していて、見た目とは異なる世界が広がっているのではないか？

そんなイメージを我々は乱歩によって刷り込まれてきたのだ。もしかすると、「東京は怖いところだ」「危ないところだ」というイメージまでもが、乱歩の影響なのではなかろうか。

子供の頃、どうしてTVドラマの舞台はいつも東京なんだろう、と不思議に思っていた。恋も、事件も、必ず舞台は「東京」だった。

小説家になって、新聞連載というものをするようになった時、その謎が解けた。

打ち合わせの時に、判で押したように「東京を舞台にするのはよいが、特定の場所を舞台にするのは避けてほしい」と言われたのである。それは、媒体が全国紙であれ、地方紙であれ、毎回同じだったのだ。

なるほど、だからTVドラマも東京だったのか、と至極納得したのを覚えている。

要するに、「東京」というのは記号なのだ。物語の舞台として、イメージとしての都市であり、都会なのである。そこでは何が起きていても不思議ではない。素敵なことも、恐ろしいことも、びっくりするようなことも「東京」でなら起きる。

そう、とりわけ犯罪と都市は相性がよい。互いが共犯関係にあると言ってもいい。ロンドンと言えばシャーロック・ホームズ、パリはメグレ警視、ニューヨークは87分署、ロサンゼルスはコロンボ刑事。

そして、我々は東京に明智小五郎を得ることが出来た。これこそが世界に冠たる都市の証明なのだ。やはり、彼の産みの親である江戸川乱歩には、感謝してもしすぎることはあるまい。

（集英社文庫解説　二〇一六年八月）

追記：この現代美術家は佐藤雅晴氏。とても期待していたのだが、惜しくも二〇一九年、四十二歳という若さで亡くなられた。

疑惑と告白

北大路公子『生きていてもいいかしら日記』

私、知らなかったんです。お姉様の名前。

「あんたにお姉様呼ばわりされる覚えはねえよ」と思ったかもしれないけど、ほら、北海道って地図で見ると東北より上でしょう。だから。

毎週楽しく「サンデー毎日」読んでたんです。

「泥酔メールの謎」を読んだ時はもう、「この人に一生ついていこう」と決めました。声に出して笑える日本語。最近ですと、内田樹先生の『うほほいシネクラブ』でしょうか。お正月に炬燵で笑っていたら、隣にいた母と義姉がとても気味悪そうに私を見たんです。ちなみに二七五ページのタルコフスキーのところでした。

けれど、しばらくお姉様の連載を読んでいるうちに、だんだん疑惑が膨らんできました。今にして思えば『マカロニほうれん荘』が出てきた頃から、いや本当はもっと前から薄々感じていたのかもしれません。

もしかして――もしかして、お姉様と私はタメ年ではなかろうか。百歩譲っても（誰に譲るのか分かりませんが）プラマイ一歳の圏内に違いない、と。

それだけではありません。更に重大な疑惑が湧いてきたのです。

有名な話があります。

アメリカで、全国消防士大会みたいなのがあるそうです。きっと力自慢の、いつも三百グラムの肉を食べているおじさんがいっぱいいるのでしょうね。先日、どうしてもトンカツが食べたくなって、食べる気まんまんで「デラックスヒレカツ定食」を頼もうとしたら、店員が首を振るんです。「お客様、これね、二百グラムあるんです。悪いことは言わないから普通のヒレカツ定食にしときなさい」確かに普通のでいっぱいいっぱいでした。

その大会で、とある男性（ジムとしましょう）が、どこかの地区の消防士に話しかけられます。「ヘイ、ジム、こいつはびっくり仰天だなあ、俺んとこの地区にお前そっくりの奴がいるぜ」ジムは自分に似ているという男性（ボブとしましょう）に引き合わされます。ジムとボブは鏡に映ったかのような互いの姿に驚愕。二人は同じ店で同じ服を買い、同じビールの銘柄を愛し、同じチームを応援し、何より数ある職業の中から消防士を選んでいたのでした。そうです、二人は別々に里子に出された一卵性双生児だったのです。人の性格や嗜好を決めるのは遺伝子なのか育ちなのか？　喧々諤々の議論になって、実際に一卵性双生児を別々に分けて育てる実験もしたらしいです。ヒドイ。

また、こんな話もあります。

世界には、自分とそっくりの人間が三人はいるんだそうです。モロッコでは四十人いるというようですが、一クラスというのは多すぎる気もします。モロッコに行った時、ガイドさんがみんなジロジロ見るので、何かと思ったら、モロッコの有名なコメディ女優が私そっくりなんだそうで、なるほど、私の「目立ちたい」部分と「笑える」部分はそっちに行っているのかと納得した次第です。

この疑惑を裏付けるのは、お姉様のキュートなご両親の態度です。お姉様は楽しく書いていらっしゃいますが、私には、どうもお姉様自身も私と同じ疑惑を抱いているのではないかと推察せずにはいられないのです。

それは、ここで口に出すのははばかられますが——出してるけど——もしかして、お姉様にはどこかに生き別れた双子のきょうだいがいるのではないでしょうか。その二人は、別々に引き取られて、育って物書きという商売を選び、ひたすらビールを飲み、寒さに耐えるために体脂肪を増やしているのではありますまいか。

私がその決定的な証拠をつかんだと思ったのは、この本の続編、『頭の中身が漏れ出る日々』の単行本の中の、お姉様が加筆したとある箇所でした。

お姉様のお父様には時折「ケンコちゃん」という乙女な人格が出現しますが、お父様がある日お姉様に向かってついに叫んでしまったのです。

「父ちゃんはあんたみたいなエッチな大人には絶対ならないからね！」

どうです、これは何かの告白ではないでしょうか。よんどころない事情で里子に出された我々二人は（あわわ）津軽海峡を隔てて引き離されたのです。もしかして、お姉様は、そのもう一人に向け、いつかそのもう一人が読むことを祈ってこのエッセイを「サンデー毎日」に連載することを決心なさったのではないでしょうか。

ならば、その思い、しかと受け止めました！

任せなさい、佐藤浩市は！

ＣＭは別の人になっちゃいましたが、お姉様はまだキリン一番搾りですか？　私はキリンクラシックラガー派です。キリンクラシックラガーを置いてるコンビニは少ないです。昨日買いに行ったら、レジのソフトが替わっていて学生バイトの女の子に「そこを押してください」と言われました。

「これは年齢制限のある商品です。お客様は二十歳以上ですか？」

私は画面の中のＯＫボタンを前に迷ったのです。

さすが、彼女は鋭い。「この人は、見た目はオバサンだが、実は十七歳なのではないか」そう思ったからこそ、私にこのボタンを示したのでしょう。その通りなんですよ。でも、ビールが呑みたいから押しちゃったけど。

（ＰＨＰ文芸文庫解説　二〇一二年五月）

追記：勝手に昼酒、昼ビールの師匠とお慕い申し上げております。いつか師匠と呑みたいものです。

新装版のための解説

若竹七海『製造迷夢』

こういってはなんだが、私は卑屈な性格である。

それも、通常九八パーセントくらいはボーっとしていてあまり他人を気にしないのだが、あるスイッチが入ると突然、メモリ一〇〇倍増くらいにみみっちく卑屈になる。それは、若竹七海の小説の特徴とされる「日常に潜むひんやりした悪意」どころではない。

なぜこんなことを遠まわしに書いているかと言えば——あまりにもこの解説を書くのに時間が掛かってしまっているのが自分でも不思議で（依頼を受けてから軽くふた月以上過ぎている）その理由を考えていたからなのである。これまでの経験からいって、自分の原稿が遅いのは仕方ないとして、人の本のための原稿は割に早いはずなのだ。

おかしい——どうしてこんなに書くのがつらいのか？　そうウツウツ自問自答していたら、突如（いや、ついに、か）その理由に思い当たったからなのであった。

告白しよう。

かつて読者として、あるいは小説家予備軍として若竹七海に対して感じていた妬ましさを思い出すことを無意識のうちに拒絶していたせいである。

覚えておこう。

人は、自分と似たジャンル、カバーする範囲が近い人間に対していちばん厳しいということを(覚えておいてもなんの役にも立たないかもしれないが)。

よく、小説の新人賞なんかで、選考委員を見て、自分の好きなジャンルを書いている人だから興味を持って読んでくれるだろうなどという甘い考えで応募してくる人がいるが、これは大きな間違いである。人は自分が知り尽くして(いると思って)いるジャンルには、知悉していると思うがゆえに厳しい。細かいアラもよく発見するし、よっぽどよく出来ていない限り物足りないと考えるものなのだ。

何が言いたいのかといえば、初めて若竹七海の『ぼくのミステリな日常』を読んだ時、この人と自分の書きたいジャンル、自分の好きなジャンル、あるいは好んで読んできたジャンルはほぼ同じに違いないと直感したということである。

どんどん思い出してきた――それと同時に、卑屈のスイッチが入ったのが分かる。

若竹七海のデビューは一九九一年。

それはそれは、颯爽としたものだった。当時はまだそんなに新人がデビューしやすい環境ではなかったので、よほどのことがない限り何かの賞を取ったわけでもない新人がデビューすることはなかったのに、いきなり単行本で登場。逢坂剛先生ら、斯界の重鎮の推薦を貰っていた。しかも、聞けば、大学でミステリ研究会にいて、在学中から文庫のチラシにミステリ時評を書いていたというではないか。

私なんか（卑屈）――同じく大学の老舗ミステリ研究会に入っていたものの、当時そのサークルは空前のSFファンタジーブームで、本格ミステリを読んでいる人なんて数えるほどしかいなかったので、がっかりしてフェイドアウトしてしまっていた。しかもこの頃金融関係のOLをしていたが激務で身体を壊し、好きなミステリを読む時間もなかった。

更に、その眩しい『ぼくのミステリな日常』を読んでみたら、これがまた、実に才気溢れるコージー・ミステリなのである。作者と同じ名前の主人公が出てくるところなど、もちろんエラリー・クイーンら黄金時代の先達を正しくオマージュしていて、それがわざとらしくなく、「よく分かっている」洒脱な小説だった。

おかしい。これは私が書くはずの小説ではなかったか？（↑こうなると、卑屈を通り越して危険である）そんな妄想に囚われつつ、その後も「私が書くはずの小説」を若竹七海が出す度に卑屈全開で読み続けたのであった。

若竹七海の一歳年下の私は一年後にデビューすることになるが、それはそれはひっそりとしたもので、ごく一部で評判になったものの、ほとんど話題にもならなかった。

しかも、デビューしてみると、私には全く本格ミステリを書く才能がないことに気付く。またしても、「私が書くはずの小説」が書けないことを思い知らされるのである。

それから歳月は流れた。

日本の小説界というところは、とかく馬車馬のように働かされるところであり、私はそのサイクルにまんまと組み込まれ、未だになんのジャンルの小説家か分からぬと言われ続けて「書くはず」でなかった類の小説を書いている。おかしい。

それにひきかえ、若竹七海はゆうゆうとマイペースで、私が書くはずであった優雅なコージー・ミステリを書き続けているのであった。

おまけに、昨年はこれ一本しか書いていないという短編で日本推理作家協会賞まで獲ってしまうのである。これはやはり、卑屈にならざるを得ないではないか！

ええと、これってなんの原稿だっけ？

あ、そうそう、『製造迷夢』だった。

では気を取り直して。

タイトルの印象的なこの連作短編集は、若竹七海の小説として異色でもあるし、彼女らしいとも言えるだろう。いわゆるリーディングという、モノに残っている、かつて触れた人の思念が分かるという能力を持つ女性と刑事がメインキャラクターで、超常現象とハードボイルドという組み合わせ。ちょっと予測のできない、不思議なひねりの入った連作だ。

しかし、ここで言っておきたいのは、やはり若竹七海は、黄金期のパズラーの系譜に連なる、スタンダードなミステリ作家だということである。イメージとしては、アガサ・クリスティ、ドロシー・セイヤーズ、クリスチアナ・ブランド辺りを思い浮かべていただきたい（これらの名前にピンと来ない人は、読んで損はしないので手に取ってみてほしい。この作品で初めて若竹七海の小説に触れるという読者は、そちらの系列も読んでみないと彼女の小説を理解したことにならないと思うので、次の一冊にぜひ。まずは『ぼくのミステリな日常』からがお薦め）。

なぜかというと――これは私の持説だが――冒頭で触れたように「日常に潜むひんやりした悪意」が彼女の特徴と言われるが、それはこれらの正統派パズラー女流作家の持つ特徴でもあったからだ。

同じく黄金期のパズラー作家でも、男性作家のほうは、奸計と謀略はあっても、「悪意」はない。そう、午後のお茶会やバザーやハロウィン・パーティの底に潜むのは、やはり悪意でなくては。エレガントなコージー・ミステリには、そのコージーさを引き立たせるスパイスとして絶対に欠かせない条件であるということを承知しているがゆえ、そういうミステリを呼吸するように読んできた彼女の基本に既に織りこみ済みとみるべきだろう。

その辺りが近年言われる「イヤミス」(こちらはおのれの、あるいは誰の中にもある醜さ、浅ましさを見て、皆同じ穴のムジナだと確認し安心したいミステリと私は解釈している)とは根本的に異なる。

そしてもうひとつ、私が考える正統派パズラー女流作家には、平易で明解な文章でありながらも、怖い小説を描けるという特質がある。ことさらおどろおどろしい言葉を尽くさなくても、それこそエレガントに語りつつ恐怖を描けるのだ。彼女たちはゴシックホラーを描かせても、非常に怖かった。

若竹七海も、当然そういう怖さを描ける作家である。この連作にもしばしばそういう瞬間がかいま見える。

ここから先は、デビュー当時から読んできた一読者の希望であるが、むろんこれまで通りマイペースにコージー・ミステリを書き続けてほしいけれど、私が若竹七海の裏ベストだと思う『遺品』みたいなゴシックホラー・ミステリをまた書いてほしいということなのである。そして、「これも私が書くはずだったのに」といじましく陰でボヤかせてもらいたいのだ。さよう、かつて、周囲のおじさんたちを見てずっと不思議に思っていたのだが、自分もこの歳になってようやく理解したのだ。「卑屈にボヤく」というのが、これがなかなかやめられない、屈折した快感であるということを。

（徳間文庫解説　二〇一四年一月）

最後の少年探偵団

江戸川乱歩『死の十字路』

もちろん、私も少年探偵団に心躍らせ、わくわくして読み耽った一人である。帝都を跋扈する怪人たち。名探偵、名推理、小林少年らの活躍。

しかし、ポプラ社版の「少年探偵　江戸川乱歩全集」の中で、今も記憶に残っているものを一冊選べといわれたら、どういうわけか『死の十字路』なのである。

女物の靴を片方手にして、険しい顔で宙を見上げる明智小五郎。街角に青い車。

そんな絵の表紙がはっきりと目に焼きついている（今回、よくよく表紙を見てみたら、明智が靴を手にしているわけではないと気が付いた。車、明智、街角、靴、とレイアウトとして並べてあるだけのようだ。靴が風呂敷に載っているところが昭和である）。

どうしてまた？　これはシリーズの最後のほうの作品で、乱歩の大人向けの小説を子供向けに翻案したものであり、しかも他の人がリライトしたものとして知られている。

数十年ぶりに読み返してみた。

当時から何か異質な感じを受けていたが、多少は子供向けにリライトしたにしても、内容は完全に大人の犯罪ものである。一種の倒叙式ミステリと言ってもいい。

挙式を控えた青年社長とその秘書のカップルのところに、二人を妬む秘書の元友人の女が飛び込んできて、秘書を殺そうとして逆に社長に殺されてしまう。社長は、仕事で土地鑑のある、もうじきダムに沈む村の古井戸に死体を始末することにし、自分の車に死体を積み込む。秘書には死んだ女に化けて熱海の温泉宿に投宿し、海に身投げしたように見せかけることを指示する。

ところが、死体を運ぶ途中、ある交差点でトラックに接触してしまい、警官の事情聴取を受ける羽目に陥る。

さて、別にもう一組の若いカップルがいて、商業デザイナーである男は絵描きである女の兄に結婚の許可を得ようと飲食店で飲むのだが、かねてより折り合いが悪く、しかも酒癖の悪い兄にからまれ、逃れようとして兄を振り払ったところ、倒れて頭を強打してしまった。兄はふらふらと立ち上がり、店を出ていったが、たまたま交差点で止まっていた、例のトラックと接触した車をタクシーと間違えて乗り込み、後部座席でそのまま死亡してしまう。先のカップルの社長は乗り込んだ男に気付かずそのまま車を走らせるが、いつのまにか増えていた死体に仰天、結局ふたつの死体をダムの古井戸に投げ込むことになる。ものすごい偶然もあったものだが、先に殺された女の行方を追う警察&明智、運悪く脳挫傷で命を落とした男を捜すようその妹に頼まれた元警官悪徳探偵がカップルを追い詰めていく。読者は、犯罪がいつバレるかとハラハラする犯罪者側に立たされる。少年探偵団が全く関係ない上に、この話、全く救いがない。悪徳探偵には強請《ゆす》られるわ、明智に真相をねちねち見破られるわで、結局、カップルはどちらも自殺してしまうのである。

世の中って不条理！　元々は、勝手に逆恨みした女のせいなのに！　面白いのは、この女と秘書は、ある政治的セクトで一緒だったという設定で、本当は単に男を取られたのを恨んでいただけのくせに、「裏切り者に制裁を加える」と嘯くところ。この本、一九七二年に初版が出ている。実はこの年の二月にあさま山荘事件が起きており、壮絶な内ゲバとリンチ殺人が世間に暴露されるのだが、結局女性どうしの殺人の理由は「化粧して男に媚びるのが気に食わない」ことだった、というのの影響を受けているように思えてならない。

ともあれ、ほとんど推理もなく、小林少年の名も明智の口から一瞬登場するだけで、ラストは明智の「運命の十字路だ！　人間の運命はどこで狂ってくるかわからない」という身も蓋もない一言で幕を閉じるのであった。なるほど、当時受けたショックもよく分かる。世間とは、大人の世界とは、こういうものなのか！　悪人の自覚のある怪人たちが派手な事件を起こし、名探偵が常に華麗なる推理で快刀乱麻のごとく事件を解決し——などということは、夢物語なのだ。もう少年探偵団にわくわくしていてはいけないのだ、と、ミステリファンの幼年期（第一期）に引導を渡す作品だったのである。つまり、私にとって「最後の少年探偵団」となったわけで、そう考えると切ないやら、淋しいやらで、複雑なのだ。

（「asta」二〇一四年一〇月号）

地図を作る

上橋菜穂子『精霊の守り人』

子供の頃、地図の絵の入ったハンカチを持っていた。

いったい何の地図だったかは覚えていない。他愛のない絵地図で、家や川や池や畑が手書きで描かれていた。

当時住んでいたところは周囲に田んぼや野原がたくさん残っており、毎日外で遊んでいたが、奇妙なことに、通っていた幼稚園のすぐそばに、そのハンカチの絵地図にそっくりな場所があったのである。しかも、その奥には謎の洋館があるというおまけつき。

私は何度もそこに通っては、ひとりでわくわくどきどきし、何かが起こるのを待った。結局何も起こらなかったけれど。

今でも絵地図の入った本が好きだ。

生きていくということは、この世界についての自分の地図を作ることだと思う。道も、景色も、自分で見つけていかなければならない。人が造った道を辿ることもあるし、草だらけの暗いけもの道を四苦八苦して進むこともある。

子供の頃は、子供の本が世界の地図を与えてくれた。見返しの地図で、お話で、世界の仕組みを、善と悪を、生と死を垣間見せてくれた。

しかし、やがて現実の世界で地図を作ることのほうが忙しくなり、私は早々にSFというジャンルに世界の地図を見出すことになる。そのせいか、いわゆる異世界ファンタジーの御三家に接するのは遅かった。中学生で『ナルニア国ものがたり』を読んだ時には「ああ、間に合わなかった」と思った。『ゲド戦記』は高校時代にSFとして読んだし、『指輪物語』は寓話として大学時代に読んだ。タイミングを逸したためなのか「私のジャンルじゃない」と思ったし、正直いって、私にとって異世界ファンタジーというのは永らく鬼門だったのである。

状況が変わったのは、あの画期的なファンタジー映画『ロード・オブ・ザ・リング』を観るにあたって（私はもともとピーター・ジャクソン監督のファンだったのだ）、久しぶりに原作の『指輪物語』を読み返した時だった。

驚いた。

そうなのか。私たちの棲む世界とは、こういうところだったのか。

かつて子供のためのものだと思っていた異世界ファンタジーが、まさにこの現実社会の骨組みを見せつけるかのように鮮やかに立ち上がってきたどころか、大きな共感と共に心に迫ってきたのである。

かくて私は開眼した。異世界ファンタジーは、大人になった今こそ読まれるべきであり、大人こそ面白く読めるものであると。

ただし、それには厳しい条件がある。

今も悩み苦しみつつ死ぬまで自分の地図を作り続ける大人たち、地図作りのつらさを知っている大人たちが面白く読める異世界ファンタジーは、冷徹なまなざしを持ち、鋭く人間を観察できる力を持った真の大人——それでもなお、ほんとうの夢見る力を持ち続けている大人が書いたものに限る、ということである。

作家が異世界ファンタジーを書きたいと思うのはどうしてだろうか。

同業者として想像してみるに、自分だけの世界を作り出したい、自分だけの世界をすみずみまで構築してみたい、というのがまずあるだろう。だが、その更なる普遍的な欲望に、自分の存在する世界を、異世界という縮図で理解したい、描きたい、自分のものにしたい、という意識があるような気がする。

Ｃ・Ｓ・ルイスやトールキンがどちらも文学や言語学の学者だったというのは決して偶然ではない。彼らは、世界の秩序を俯瞰したい、理解したい、自分なりの言葉で解明したいという動機があったからこそ、後世に読み継がれる傑作を残せたのではないだろうか。

上橋菜穂子の名前は以前から知っていた。

日本の異世界ファンタジーは、児童文学、ゲーム、漫画、ライトノベルなどに細分化され、読者がそれぞれ別に囲い込まれていて、よほどのヒットにならないと一般の読者にまでなかなかその面白さが伝わってこないのが現状だ。

そのため、かなりの実力者とは聞いていたものの、いわゆる児童文学の範疇にある著書に目を通す機会は残念ながらこれまでなかったのである。

その名前を記憶にとどめていたのは、面白いという噂だけでなく、彼女が文化人類学の研究者であり、その知識をバックボーンにしてファンタジーを書いているという話を聞いたからだ。『ゲド戦記』を書いたル＝グウィンの両親も文化人類学者だったし、そういう人が書いたものならば生半可なものではなさそうだと直感していた。

ようやくその、上橋菜穂子の代表作である「守り人・旅人」シリーズの一冊目、『精霊の守り人』を手にすることができた。

面白い。

下品な言い方だが、「モノが違う」。

それが率直な感想だった。

思えば、「ハリー・ポッター」シリーズ以降、有象無象の異世界ファンタジーが世界中に溢れた。それらは獲得するアイテムや敵味方のキャラクターのバラエティを描くことに終始しており、ポイント制のカードゲームを文字にしたようなものが散見されたように思う。

永らく日本の作家や漫画家が、英米の異世界ファンタジーにあこがれ、西欧的世界を舞台にしたいと必死に勉強してゴシックロマンやヒロイックファンタジーを描こうとしてきたのに、彼らは自分たちのルーツや神話、宗教的背景といういわば地の利を放棄しているようにすら見えた。

しかし、『精霊の守り人』を読んで、それは私の考えちがいだと気付く。

それ以前の問題なのだ。

そういう二流、亜流の異世界ファンタジーは、世界を構築すらしていなかったのである。

偶然の縁で、女用心棒バルサが命を狙われる皇子を救うことになる見事な導入部。

バルサは、腕は立つが、超人ではない。やむにやまれぬ状況からこの商売を選び、修羅場を踏み、いつしか闘いの場が人生になってしまった娘だ。

皇子の母である妃に呼び出され、皇子の用心棒を懇願されたバルサは、妃に向かって「あなたは卑怯だ。皇子を守る危険な任務を受けるにしろ、断るにしろ、結局私の命を懸けることになる」と非難する。

私はここでハッとした。この場面を読んで、作者は「私たちの世界」を描こうとしているし、この作品が「私たちのための」物語であると確信したのだ。

その確信は、読み進むにつれていよいよ強くなる。

新ヨゴ皇国の建国の歴史。星読が伝える神話。それは、勝者の残す歴史の常で、巧妙に影の部分が隠蔽されている。本来学者であったはずの星読が、国を束ね、存続させていく過程で徐々に政治に口出しし、権力闘争に巻き込まれていくところなど、「私たちの世界」そのものではないか。

更に、歴史や言い伝えの意味する真実、行事に残された手掛かりなど、作者の文化人類学的アプローチがよく生きていて、世界のなりたちや「記された歴史」というものの本質が見えてくるのも心憎い。くっきりと、私たちの棲む世界が、私たちの姿が浮き彫りになってくる。これこそが、私の考える異世界ファンタジーだ。

もちろん、何より素晴らしいのは、「物語」として面白いことだ。追う者と追われる者のスピード感。バルサをはじめ、タンダやトロガイなど登場人物も魅力的で、アクションシーンも臨場感があり、映像のように鮮やかだ。

作者はこの作品を、「十年以上前に書いた未熟な作品」と評している。

なんと心強いことだろう。作者の志の高さに頭が下がる。

毎日四苦八苦しながら地図を作っている中で、この本を手に取ったあなた。

あなたはラッキーだ。私たちは、母国語で読める、しかも私たちが読むべきファンタジーにようやく巡りあったのだ。

（新潮文庫解説　二〇〇七年三月）

〈ルールの人〉

星新一『ノックの音が』

「ノックの音がした。」

　星新一の本はいろいろと読んだけれど、最初に手に取ったのはこの本だったことをとてもよく覚えている。その理由は、収録されたすべての短編がその一行で始まる、という設定に惹かれてのことだった。当時の私は、そういう「しばり」や「ルール」に弱かったのである。だが、よく考えてみると、星新一その人が「ルールの人」とでも呼びたいほど、創作スタイルに自ら「しばり」を設けていた人だった。生涯ショートショートを書く、一〇〇〇本書く、固有名詞を排し、時代も国籍も特定できないものを書く、エログロは極力避ける。彼がそういった「ルール」を設けて書いていたことはつとによく知られている。

　その一方で、制約あればこその自由、というのは誰もが経験していることだ。〆切がなければ誰も仕事をしない。予算が限られているからこそあの手この手のアイデアで勝負。

星新一は、自分に課した制約の中でこそ自分の資質が生きることを、作家の本能で直感していたのではないか。そのことを、ふだんの制約に加え更に「ノックの音がした。」の一行で始まる、というルールを課したこの作品集の完成度の高さが証明しているように思えるのである。

今回読み返して驚いたのは、ほとんどの作品に、冒頭のみならず、後半にも同じ一行があることだった。なんということか、何度も読んでいたのに、気付いていなかったのだ。場面転換のほとんどに同じ一行がある。例外も幾つかあるが、星新一はここまでこの「しばり」にこだわっていたのだ!

初読の時、私は最後の短編「人形」にものすごいショックを受けた。ここ数年は「金色のピン」が気に入っている。全くムダのないよくできた設定、クライマックスに向けてのサスペンス。星新一の凄いテクニックを堪能できる一編である。

(『きまぐれ星からの伝言』二〇一六年九月)

あとがき

主に本や映画などの「鑑賞」系を中心にしたエッセイ集『土曜日は灰色の馬』をまとめてから十年。今年の三月にちくま文庫さんに入れてもらったのだが、その十年のあいだに書いたものをこうして続編として本にしていただけることになった。

当初は十年分まとめて一冊にしようと思っていた。しかし、集めてみたら相当な量になってしまったので、二冊に分けることにした。そんなわけで、この『日曜日は青い蜥蜴』に続き、来年『月曜日は水玉の犬』として本になる予定なので、よろしければそちらもご覧ください。

『土曜日は灰色の馬』は、タイトルのみあって使い道のなかったものを流用したのだが、今回はその続編ということで、タイトルは「曜日＋動物」ということになった（火曜日以降があるかどうか分からないけれど、タイトルを考えるのは好きなので、一応火、水、木、金のタイトルも考えてある)。

ひと口に本に関する文章といってもいろいろあるが、比較的楽しいのは「この作家のお気に入り作品ベスト3」とか「本格ミステリベスト10」とか、個人の趣味で選べる作業だろうか。

これが書評とか映画のパンフレットとかになると、やや難易度が上がる。そういったものは、基本気に入ったものしか書かないので、「いかに愛を持ってその作品のいいところをうまく伝えるか」に労力を注ぐ。それでも、まだこの辺りは個人の趣味が多く反映されているし、掲載媒体が一過性のものなので気が楽だ。

私にとって、最も難易度が高いのは文庫の解説だ。なにしろ、今のところ、文庫というのはその作品の最終形ということになっている。その本が読まれる限り、セットで一緒に残るのだ。ある意味、責任重大である。

それというのも、私は文庫解説というのは私なりのその人の作家論、作品論になっていなければならないというポリシーがあって、ひとつでも何かしら新しい発見を入れなければならないと思っているからだ。

そもそも文庫解説というのは、作品を読み終わった読者が自分の読後感を確かめ、なるほどそういう視点もあるのかという「お土産」を受け取り、作品の印象や評価を自分の内に定着させるための、消化を助ける食後のお茶みたいなものだ。だからダラダラあらすじを書いても仕方がないし、ただ誉めるだけでも芸がない。ヨイショするだけの「おともだち解説」は、読んでいてつまらないし、書かれたほうも嬉しくないだろう。

きちんと「誉める」というのは実に難しい。的確に誉めるべきところを誉めないと、かえって「何も分かってないな、この人」と誉めた相手にあきれられてしまう。

だから、文庫解説を書く時はものすごく気を遣う。「見当違いだ」と著者にも読者にも思われないよう、可能な限り他の作品も読めるだけ読んで、「その作品だけ」の解説にならないよう気を付けている。

なので、準備もたいへんだが書くのもたいへん。ひとつ文庫解説を書くと疲労困憊で、当分文庫解説はいいや、といつも思う。

それでもたまに引き受けてしまうのは、やはりその作家や作品を理解したい、自分の読み方を確かめたい、という読者の肥大した欲望の顕れなのかもしれない。

二〇二〇年九月

恩田　陸

初出一覧

I. 人がすすめない読書案内

私の中高生時代　「首都圏高校受験案内」二〇一一年　晶文社
『虚無への供物』——中井英夫・その人々に
『10代のうちに本当に読んでほしい「この一冊」』二〇一六年　河出文庫
果てしなき書物との戦い　「波」二〇一三年九月号　新潮社
誰もが「ここに居ていい」と思える国こそ　「朝日新聞」二〇一九年一月五日

II. 読書日記

「机から離れるな!」　「新潮45」二〇一二年一月号　新潮社
つい魔がさして　「新潮45」二〇一二年五月号　新潮社
「狂気」をめぐる冒険　「新潮45」二〇一二年九月号　新潮社

口ずさみたい恐怖俳句　「新潮45」二〇一三年一月号　新潮社

リニューアル後のポケミスが凄い　「新潮45」二〇一三年五月号　新潮社

身につまされて慄然　「新潮45」二〇一三年九月号　新潮社

「インターネットはバケツリレー」に納得　「新潮45」二〇一四年一月号　新潮社

どこに連れていかれるか分からない　「新潮45」二〇一四年五月号　新潮社

連想の文学　「新潮45」二〇一四年九月号　新潮社

聖書は最強　「新潮45」二〇一五年一月号　新潮社

他の人間が代わることはできない　「新潮45」二〇一五年五月号　新潮社

爆笑！『声に出して読みづらいロシア人』　「新潮45」二〇一五年九月号　新潮社

私も頑張ろうという気になれました　「新潮45」二〇一六年一月号　新潮社

人の書いたものを読むことの奇跡　「新潮45」二〇一六年五月号　新潮社

物語のルーツや伝播の不思議　「新潮45」二〇一六年九月号　新潮社

III．ブラッドベリは死なない

「すこしふしぎ」な、物語の中へ。　「フィガロジャポン」二〇一六年二月号　阪急コミュニケーションズ

史上初、本物の「ジャンルミックス」　『クラウド アトラス』パンフレット　二〇一三年

騙す楽しさ騙される楽しさ――騙すなら上手に　劇団四季公演『スルース』パンフレット　二〇一一年

心理学的にありえない　「週刊文春」二〇一一年一〇月二七日号　文藝春秋

時に滑稽で、時に痛切なもの　「母の友」二〇一二年三月号　福音館書店
ぺにろいやるは何者か　「こどものとも0．1．2」二〇一〇年四月号折り込みふろく　福音館書店
ブラッドベリは「死なない」　「図書新聞」二〇一二年七月一四日号
影の国に生きる大人たちに　「新刊展望」二〇〇五年六月号　日本出版販売
シェイクスピアの正体　河合祥一郎『シェイクスピアの正体』二〇一六年　新潮文庫

Ⅳ．ひとの原稿は早い……はずだった

名セリフ！　鴻上尚史『名セリフ！』二〇一一年　ちくま文庫
あまりにも昭和的で日本的な　「小説すばる」二〇一三年二月号　集英社
「面白い」でいいのか？　「ユリイカ」二〇一五年一月臨時増刊号　青土社
影がある。「ダ・ヴィンチ」二〇一一年一二月号　メディアファクトリー
夢のままでも……　「文藝別冊　蜷川幸雄　世界で闘い続けた演出家」二〇一六年　河出書房新社
モノクロの悪夢に魅了され……　『少年少女昭和ミステリ美術館』二〇一一年　平凡社
山本周五郎と私　名前と運命　「波」二〇一三年一〇月号　新潮社
東京という探偵小説　江戸川乱歩『猟奇の果』二〇一六年　集英社文庫
疑惑と告白　北大路公子『生きていてもいいかしら日記』二〇一二年　PHP文芸文庫
新装版のための解説　若竹七海『製造迷夢』二〇一四年　徳間文庫
最後の少年探偵団　「asta」二〇一四年一〇月号　ポプラ社

地図を作る　上橋菜穂子『精霊の守り人』二〇〇七年　新潮文庫

〈ルールの人〉　星新一『きまぐれ星からの伝言』二〇一六年　徳間書店

あとがき　単行本のための書き下ろし

恩田陸（おんだ・りく）
一九六四年、宮城県生まれ。小説家。九二年『六番目の小夜子』でデビュー。二〇〇五年『夜のピクニック』で第二六回吉川英治文学新人賞および第二回本屋大賞、〇六年『ユージニア』で第五九回日本推理作家協会賞、〇七年『中庭の出来事』で第二〇回山本周五郎賞、一七年『蜜蜂と遠雷』で第一五六回直木三十五賞、第一四回本屋大賞を受賞。ほか著書に『土曜日は灰色の馬』『歩道橋シネマ』『ドミノin上海』『スキマワラシ』などがある。

日曜日《にちようび》は青《あお》い蜥蜴《とかげ》
二〇二〇年一一月三〇日　初版第一刷発行

著者　恩田　陸
発行者　喜入冬子
発行所　株式会社　筑摩書房
東京都台東区蔵前二―五―三　郵便番号一一一―八七五五
電話番号　〇三―五六八七―二六〇一（代表）
印刷　株式会社精興社
製本　株式会社積信堂

ISBN978-4-480-81551-4　C0095